厚福

人与中华鲟

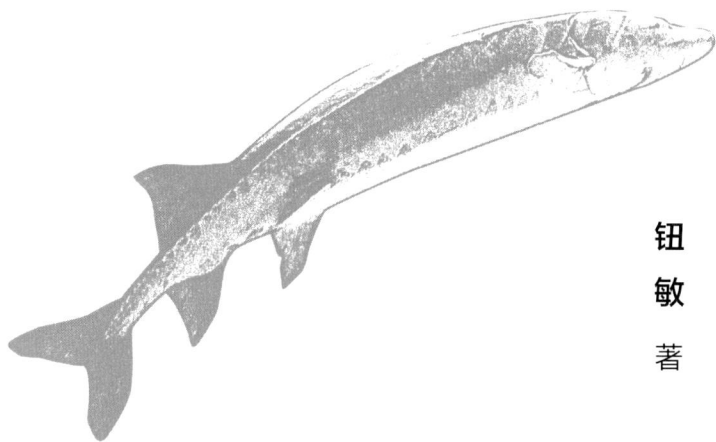

钮敏 著

作家出版社

图书在版编目（CIP）数据

厚福：人与中华鲟 / 钮敏著 .—北京：作家出版社，
2021.10

ISBN 978-7-5212-1483-3

Ⅰ.①厚… Ⅱ.①钮… Ⅲ.①纪实文学—中国—当代
Ⅳ.① I25

中国版本图书馆 CIP 数据核字（2021）第 129272 号

厚福：人与中华鲟

作　　者：钮　敏
责任编辑：钱　英　杨新月
封面设计：琥珀视觉
内文设计：孙惟静
出版发行：作家出版社有限公司
社　　址：北京农展馆南里 10 号　　　邮　　编：100125
电话传真：86-10-65067186（发行中心及邮购部）
　　　　　86-10-65004079（总编室）
E-mail:zuojia @ zuojia.net.cn
http://www.zuojiachubanshe.com
印　　刷：唐山嘉德印刷有限公司
成品尺寸：152×230
字　　数：166 千
印　　张：13.5
版　　次：2021 年 10 月第 1 版
印　　次：2021 年 10 月第 1 次印刷
ISBN　978-7-5212-1483-3
定　　价：38.00 元

"带我一起游好吗？"

鲟"龙"

回归 / 上

放流长江 / 下

体表检查

塞喂

满堂国宝

"美人鱼"

只要长江在

只要大海在

中华鲟永远不会成为传说

目 录

❧

了。从挖地基开始参与到海洋馆的建设中，一干就是 23 年，一直做到了今天。

第十一章 "鱼爸爸"王彦鹏

看着 3 条子二代又像往常一样，在换了水的小池子里欢快地游来游去，王彦鹏悬着的一颗心终于放下了。因为同时挽回了 3 尾鲟宝宝的生命，从此，同事们送给他一个绰号"鱼爸爸"。

第十二章 "护鲟天使"张艳珍

凭借 10 年来积累的经验，张艳珍的观察力非常强。某条鱼的游速为什么会发生变化，为什么总是转弯，通过这些变化判断出可能是消化道出了问题，或体表蹭到哪儿了不舒服，然后根据病情给它用内外伤的药。

第十三章 "机器猫"蔡经江

蔡经江已经把鲟鱼馆当成了家，视中华鲟为亲人。每当看到自己一手参与建立扶持起来的项目获得成功，他都感觉无比亲切和自豪。尤其是对中华鲟的感情，已经渗透到骨髓中了。

下篇　只要长江在

蔡经江和另一名同事眼看着曾经朝夕相处的"伙伴",在江面时而浮出时而沉入。就这样转了两圈后,露出尾巴并拍打水花,像是在向他们告别,随后便沉入了江底。

大学毕业后,危起伟以全优成绩被分配到长江所工作,专门从事中华鲟的资源调查。自此,为了不让中华鲟成为传说,危起伟在长江边守望了整整 36 年。

长江"十年禁渔"令的发布,让刘志刚觉得肩上的责任更重了,2021 年新年伊始,刘志刚便率领他的渔政船队,巡查长江中游的湖北宜昌至江西九江长江江面,确保没有非法捕捞现象发生。

上 篇

从 "后福" 到 "厚福"

第一章

"后福"不舍长江

为水箱换好水行进 1 小时后，王彦鹏下车透过小窗对"后福"进行观察。瞬间，让他几乎惊掉下巴的一幕出现了——"后福"竟然掉转身体，把原本和车头方向一致的头部朝向了车尾！

1995 年 10 月，一尾怀抱着已经成熟的 40 多万粒鱼卵的雌性中华鲟，跟随大批同伴历经艰难，从 2000 公里外耗时 1 年 7 个多月，游到了长江上游——金沙江，在一片大小不一的鹅卵石地带产下了鱼卵。

野生中华鲟的生育能力很强，在湍急水流的刺激下，一粒粒晶莹剔亮如黑珍珠般的鱼卵顺着江水，黏附于沙砾上、石缝间。鱼卵产下后，铜鱼、黄颡鱼等立刻展开一场饕餮盛宴，九成的鱼卵成为铜鱼、黄颡鱼等鱼类的腹中物，仅有夹在石缝里的鱼卵能逃过一劫。

1周后，逃过了天敌的屠杀，经过五六天的孵化，石缝中的受精卵挣扎着从卵中破膜而出。一尾幸运的鲟宝宝诞生了。延续千万年的基因记忆告诉它，向着光亮处前进。

刚出生的鲟宝宝像小蝌蚪一样摇动着微弱的小尾巴，努力向水面游动，和它的小伙伴们在水面上形成一朵朵小水花，顺着江水向下游漂去。身上带着的卵黄囊是最初帮助鲟宝宝们活下去的营养袋，十三四天后，它们开始在水底的泥沙中寻找食物——红色的水蚯蚓。对于刚刚降生的鲟宝宝来说，生存的考验才刚刚开始。

鲟宝宝顺着江水漂流到了宜昌石首江段，这里食物丰富，水流舒缓，它与同伴们决定在这里暂时栖息，准备略为长大后再继续顺江而下。5个月后，水温渐渐升高，鲟宝宝也长到了9厘米。它决定继续顺江而下，延续千万年的传承找到大海。

除了觅食与躲避人类的渔网，鲟宝宝要昼夜不停地赶路，以每天6至8公里的速度奔向长江出海口。第二年6月，鲟宝宝来到了长江出海口崇明岛。此时它已经成长到了20厘米，同批诞生的伙伴在旅途中历经大鱼的捕食、人类的渔网等天灾人祸，最终能到达的不足3%。鲟宝宝凭借着活下去的信念，来到崇明岛水域，跨出了成长环节的第一步。

经过两个多月的时间，鲟宝宝在崇明岛水域完成了从淡水向咸水的生理适应性调节过程。周边的伙伴们已经陆陆续续地游向大海，鲟宝宝也随着伙伴们离开了它的诞生地——长江，准备新的旅程。

来到大海后，鲟宝宝被广阔的空间震撼！依据传承记忆的引导，它来到了在大海中的第一站——舟山海域。在这大量的鱼虾贝聚集的渔场，它不断地觅食，与海流拼斗并躲避人类渔船的捕捞。又是一年过后，鲟宝宝成长为一尾强壮的少女中华鲟。

9年后，少女中华鲟已经长成了1.76米的大姑娘。它认识的一些同批诞生的雄性中华鲟，正在蠢蠢欲动想游回诞生之地，为繁衍下一代做出贡献。鲟姑娘也想去繁衍，但是它的性腺还没有发育，还需继续成长。中华鲟雄性12岁开始成熟，雌性14岁成熟，而鲟姑娘当时年仅11岁。于是，鲟姑娘无奈地看着雄性伙伴们兴冲冲地离开，为了延续中华鲟的生命，去接受逆游长江的挑战。

鲟姑娘诞生在长江，但传承记忆告诉它，除了长江以外，古时候中华鲟活动的区域还包含了珠江、岷江、钱塘江和黄河。它沿着近海大陆架水域游动，一面探索，一面找寻其他江河的中华鲟。但是，它失望了。除了看到长江的中华鲟外，其他江河的中华鲟已经早就不存在了。就这样在大海中寻寻觅觅了3年，鲟姑娘14岁了。在旅途中，它见过中华白海豚，见过直径一米多的玳瑁，见过千奇百怪的各种海洋生物。

当鲟姑娘性腺发育接近成熟时，于夏秋时节，与长江中华鲟成群结队齐聚长江口，逆江而行近1万公里，开始其恋爱和婚配旅程。有一天，鲟姑娘渐渐感觉到自己身体发生着明显的变化，它的性腺终于开始发育了！

啊，我要当妈妈啦！强烈的延续生命的使命感不断地告诉鲟妈妈：回家，返回到它的诞生地——长江上游金沙江。

鲟妈妈准备踏上第一次回家繁衍之路。传承记忆告诉它，这是艰难困苦的一段旅程。其间，它要逆江而上溯河洄游。要顶着巨大水流，在不摄取食物的情况下，完全依靠自己的体能到达历史的诞生地。鲟妈妈开始积极地准备第一次回家之路，性腺也随之发育从一期、二期直到三期。在整个过程中，它不断觅食，增加蛋白质的获取与体内脂肪的累积。终于，它感觉身体已经储存了大量的脂肪与能量，腹部的鱼卵也开始渐渐成熟，回家的时机到了。

第二年年初，鲟妈妈开始向着长江出海口游去。这时，它的身长已长到 2.2 米，体重达到了 200 公斤。4 月，它到达了长江出海口，经过短暂的咸水转淡水的生理调控过程，6 月，正式开始了逆江而上、溯河洄游的第一次回家繁衍之旅。

鲟妈妈怀着兴奋又忐忑的心情，跟着众多的青壮年与老年的中华鲟种群一起逆流而上。江面吹着温暖的南风，水流渐渐平稳。鲟妈妈跟伙伴们历经巨大的长江水流，于 8 月底来到了江西九江江段。这时，南风渐渐退去，北风刮起。正值长江的丰水期，有经验的中华鲟带着年轻的鲟妈妈暂停了上溯。在深水区寻找有泥沙、沙砾或卵石的滩沱和碛坝进行短期的休整，等待着北风退去。

经过短暂的休整，北风敛收，南风又徐徐袭来。鲟妈妈跟着伙伴们再度踏上旅程，向着湖北江段逆流而上。这时，鲟妈妈经过大量的运动过程，腹中燃烧的脂肪转化为鱼卵的营养。水温的变化，让它的性腺逐步发育到四期。但是它的心中升起了不好的预感，因为身体的疲劳与体能的下降，能供给鱼卵的营养越来越少。鱼卵能顺利催熟达到四期吗？鲟妈妈怀着忐忑的心情继续它的旅程，终于来到了武汉至荆州江段。老中华鲟带领着年轻的鲟妈妈在这里做最后的繁育准备，等待性腺成熟到四期末，完成世代传承使命。

鲟妈妈心中产生了很大的疑问，基因里的古老记忆告诉它，还应该向上游才对。可是，严峻的现实深深打击了它。它发现自己的性腺发育停滞了，这代表着它没能完成这次繁衍之旅的最后阶段。之后，随着时间的延长，鲟妈妈的性腺开始退化，它无奈地告别团队，顺着江水返回大海。

又是 3 年过去，2013 年，18 岁的鲟妈妈步入中年。按照鱼的生物年龄，它已经 45 岁了，个头长到了 3.1 米。终于，它的性腺再次发育。看到中华鲟的种群数量日益减少，鲟妈妈再次与同伴逆江而上，踏上了繁衍之路。

这次陪伴鲟妈妈一起踏上繁衍之路的伙伴已不足 10 尾，让它不由得心生感慨：以往数千上万尾的中华鲟繁衍大军已经不复存在。

经过一年的时间，鲟妈妈再次来到了大型水利工程坝下，找到了熟悉的产卵场。可是它感觉并不舒服，因为太热了。时间一分一秒地过去，水温还是太高。以往 10 月就可以产卵，当时已经 11 月初了，鲟妈妈开始着急。温度不降下来，鱼卵就没办法最后催熟。急得它在大坝附近来回游动，不知如何是好。一筹莫展之际，它想先游到水面上换一口气，同时调整一下鱼鳔的浮力。

当鲟妈妈刚刚把头探出江面，突然，一张粗糙的渔网遮天蔽日从天而降，一下子将它紧紧裹住了。鲟妈妈拼命挣扎，然而越裹越紧，渔网深深地嵌入它的身体表面。它感觉力气在身体里快速地消散，意识也慢慢变得模糊。鲟妈妈放弃了挣扎，渐渐地进入昏睡的状态，最后的也是唯一的念头是，不甘腹中的鱼卵还没有产出。

几位渔民正在新洲阳逻附近捕鱼收网时，发现里面居然有一条误入渔网的巨型中华鲟，把渔网的主人于江艄吓了一大跳！他赶忙将两头的渔网剪破，并拼尽全力收网。不料这尾几百公斤重的家伙非常不配合，继续死命挣扎。其余两位渔民见状也过来帮忙，因为没有其他办法把体形巨大的中华鲟拉到船上。他们直接在它的尾柄绑上绳索拖回到岸边，但是在拖的过程中由于过度拉扯，从而导致它的尾柄严重受伤，甚至比被渔网剐的那些外伤还要厉害。在把中华鲟拖到岸边之后，于江艄立即给武汉渔政部门打电话求救。

得知中华鲟误入渔网被困、渔民无法解救的消息后，中国水产科学研究院长江水产研究所的科研人员携带救助设备，和船检、港监等部门工作人员火速赶往现场。由于中华鲟不能在浅水区域待太长时间，经过10多分钟的努力，长江所的工作人员终于用剪刀剪断了缠在鲟妈妈身上的渔网。

长江所工作人员发现，中华鲟因身体多处受伤，已呈现失衡状态。于是，长江所当即成立救护小组，经过长达6个小时的运输，将它运送到荆州太湖中华鲟实验基地进行全面救治。

经专家初步检查，这尾获救的野生中华鲟年纪在19岁左右，按照鱼的生物年龄相当于人的48岁，全长3.41米，体重340公斤，是近20年来发现的个体最大的雌性野生中华鲟，而且怀卵量可观。通过科学养殖与悉心护理，在人工环境下保护好这尾野生亲本，日后其性成熟并最终实现人工繁殖是完全有可能的。

由于此前受到的伤害，鲟妈妈的体质极度虚弱。历经工作人员通宵达旦的努力，翌日凌晨终于暂时保住了它的生命，但是，身体的严重伤势与体能的恶劣情况，导致鲟妈妈性腺退化了，腹中的鱼卵重新转化成能量，逐渐消失。

两个半月后，经过一系列的后续医疗，鲟妈妈终于恢复了正常的运动姿态，除了体能状况较差，体表伤口已逐渐愈合。工作人员邵今女士取"大难不死，必有后福"之意，给它取了一个名字——"后福"。

"后福"身体的创伤虽然好了，但是内心的伤口却难以愈合。它已经没有再活下去的欲望，在小小的池子里漫无目的地顺着一个方向游动，如同行尸走肉一般。尤其让救治专家们异常头疼的是，近一年过去,"后福"一直不肯开口进食。这样的情况如果继续下去,"后福"不仅没有康复的可能,甚至存在着生命安全的隐患。

于是,时任长江水产研究所淡水鱼类种质资源与生物技术研究室主任危起伟提出:自2005年开始,北京海洋馆就与长江所合作开展了科企联合保护中华鲟的尝试,由人工养驯"鲟女王"康复成功,所以,还是把"后福"送到北京养护为最佳选择。

相关部委、渔业局领导听了危起伟的建议后,决定将"后福"从湖北运到北京调养身体机能。海洋馆总经理胡维勇等人接到通知后,立即率人专程赶到荆州基地。通过观察,感觉"后福"的身体状况比当年他们养护过的"鲟女王"要好一些,在养护上基本不存在大的问题。于是,立即成立了专业小组,配合长江所进行"后福"的转移康复工作。水族部鲟鱼组主管王彦鹏代表海洋馆一方赶往湖北荆州,负责一路上与同行的长江所专家一起实时观察"后福"的状况。

2015年11月15日上午9时,"后福"从湖北荆州出发,乘坐特制的运输车陆运前往北京。

一路上,王彦鹏与专家随时观察"后福"的情况。观察时不能开箱,否则会改变溶氧或导致水温发生变化,只能透过水箱的一个小窗观察。如有异常随时准备急救,以确保"后福"的健康。

在来京路上,技术人员为水箱换了一次水,水是用专车提前从沙市运来钱江服务区的。换好水行进1小时后,王彦鹏下车透过小窗对"后福"进行观察。瞬间,让他几乎惊掉下巴的一幕出现了——"后福"竟然掉转身体,把原本和车头方向一致的头部朝向了车尾!

担心"后福"头部冲后在运行中会出现眩晕等不适,王彦鹏招呼几个人下水,将它头的朝向掉转了过来。傍晚,当王彦鹏再次对"后福"进行检测时,他惊奇地发现,倔脾气的它居然又把头转向车尾了。

身长 3.41 米的大鱼在长 4.8 米、宽 2 米的箱体内掉转身体显然不是件容易的事，何况它又是伤痕累累。

联想到"后福"在性腺退化后连日来的消极颓丧，一位长江所的专家不由得感慨道：它是壮志未酬，舍不得离开长江呀！

都说男儿有泪不轻弹，专家的一句话却一下戳中了王彦鹏的泪腺。瞬间，两股热流冲破眼眶奔涌而出……

接下来，王彦鹏没有和一行人再去掉转"后福"头的朝向，让它继续对长江的眷恋与不舍吧！

经过 22 小时的长途运输，11 月 16 日早 7 时，"后福"终于被运至北京。

抵达海洋馆，面临的第一个难题是"后福"进池后的适应过程。因为经过长途运输，"后福"在水箱里虽然不缺氧，但是一下子进入大池子会有点蒙，而且从江海到了一个新的环境，适应起来会更慢一些。所以，卡车一驶进海洋馆，工作人员先向保温箱内注水，让"后福"适应海洋馆 18℃的水体温度，减少中华鲟入水后的应激反应。随后，驯养员蔡经江和贺萌萌身穿潜水服进入"后福"所在的保温箱，对鲟鱼进行例行体检，包括测量身长、胸围和体表采样等。同时对"后福"进行药浴消毒，防止它对海洋馆其他鲟鱼带来影响。

体检结束后，工作人员用一个很软的大袋子裹住"后福"，利用吊车将"后福"吊到事先根据它的体长做的特制的担架上，用转运车以最快的速度把它推至鲟鱼馆内并放入鲟鱼池中，与池中的同胞们生活在一起。

中华鲟适应一个新环境都要有一个过程，尤其像"后福"这种野生且体形巨大的中华鲟，适应起来会更慢。蔡经江和贺萌萌一边陪伴"后福"在池中巡游，一边抚摸轻拍它的身体，帮助它尽快找到方向感。

在池子里，"后福"一时难以适应，两名驯养员伴游一圈后，它一头钻入了水中的"山石"后面，和驯养员玩儿起了"躲猫猫"。十几分钟后，"后福"游出。当它刚要撞向池壁的时候，蔡经江赶紧游上前碰一下它的吻端[1]，帮它转移方向。

中华鲟这种鱼有个特点，当它不适应环境时容易窜游并且游速很快，一旦撞到障碍物又会沉入水底，或者翻转过来，这样对于它身体损耗会很大。所以驯养员要不间断地伴游，直到它适应了新的环境，包括自己能调节方向，水深、浮力都达到或接近正常的水平，才开始逐渐减少伴游的时间和频次。

开始的那两天，"后福"一入池便趴在水底一动不动。蔡经江温柔地抚摸着它的身体帮助它找到方向感，好像在告诉它："别紧张，有我陪着你呢。"经过长达数日的伴游，"后福"的应激状况逐渐平缓，慢慢适应了环境，开始在池子里游来游去。

"后福"刚进馆的时候，给鲟鱼馆全体人员最大的压力是，从在白沙洲发现到在长江所荆州基地救治，再到运送至北京，"后福"在将近一年的时间里几乎没有进过食，体质极度虚弱。尤其是消极颓丧的情绪，让它视而不见由饲养员投喂的食物，缓慢地在水中郁郁游动。

中华鲟是鱼类进化乃至脊椎动物进化史上生命力特别顽强的物种，在野外已适应了"饥一顿饱一顿"的生活，将营养储存在体内，如脂肪、蛋白质等，营养物质可占身体的35%，从而在不摄食的时候消耗能量供给活动。但是，长期不进食，导致"后福"的体重从最初的340公斤降到220公斤，减少了将近1/3的体重。所以当务之急要先让它

---

1 吻端：鱼的头部最前方的部分，主要功能一是攻击，二是帮助铲掘泥沙，寻找食物。

开口进食，才能把它的命保住。因为，如果长期禁食有可能导致它忌口。真到那时，塞喂都无济于事了。

水族部经理杨道明与主管王彦鹏、养殖工程师张艳珍等人为"后福"制订了康复方案，采用10年前喂养"鲟女王"采取的灌食方式，千方百计诱导"后福"进食。先是用流管将高能量的食物与药物调配好后送喂到它的食道内，等它恢复食欲后，再投喂鱿鱼、虾、合成饵料等来为它均衡营养。除了开口摄食，康复计划中还包括调养"后福"的身体机能、通过改变水流的方式营造不同的环境等，让它体会到如同置身野外的感觉。

渐渐地，"后福"对这个新家有了一丝归属感。在这里，没有湍急的江水，没有汹涌的海流，没有致命的渔网。如此平淡安稳的生活，让"后福"渐渐重新燃起了生存的欲望。自此，它对塞入口中的食物不再抵触，灌入口中的食物和药物恢复了它的体力，身体的病痛也大幅度好转。

1周过后，"后福"渐渐开口主动地进食了，海洋馆的员工们也终于松了一口气。他们知道，"后福"的命保住了。

第二章

"我们是海洋馆人!"

　　"非典"过后制定的企业文化、宗旨和口号,对当时的海洋馆
全员起到了凝聚作用,几乎每个人都从心底发出同一个声音——我
们是海洋馆人!海洋馆永远超乎你的想象!

　　看过第一章,也许读者会很好奇:是什么契机使得北京海洋馆从
2005年就开始接收饲养国家一级濒危物种野生中华鲟呢?对于这一点,
即使是身为海洋馆总经理的胡维勇,在走马上任之初也始料未及。

　　位于北京京郊西部、国内当时最大的海洋馆,是1999年10月为
建国50周年大庆献礼的重大旅游项目之一。在中国进一步加快改革
开放步伐的过程中,各种产业的发展风起云涌。当时在我国的旅游板
块当中,还没有海洋馆这样的旅游业态出现。海洋馆的概念引入之后,

对国人确实是打开了另外的一个眼界。人们过去对地大物博的理解，都是高山仰止、河流丰沛、矿物丰富、土地肥沃，而对海洋几乎没有太多的认知。当海洋馆这一概念落地之后，海洋生物继而进入了人们的视野中。对于学习旅游管理的胡维勇，也是第一次面对这种情况。最初对如何把海洋浓缩到一个展馆里，又如何让四大洋的海洋生物在这里休养生息也感到很茫然。

但是，当联想到自己当年在完全不懂日语的情况下，曾在短暂的3个月内攻下日常会话，义无反顾地赴日本研修时，从来不愿走寻常路的胡维勇，最终选择另辟蹊径，从自己熟悉的领域转战到陌生的企业环境。器宇轩昂的胡维勇办事风格一向大刀阔斧，担任了海洋馆总经理后，通过认真学习国外设计师和水族馆行业专家的宝贵经验，和同仁共同探索打造这一新兴旅游项目。

回想当年，海洋馆作为重点项目，于1994年在人民大会堂，由当时的北京市政府领导与海外投资方设计方签约立项，1995年开始在京西动物园长河北岸进行施工。来自国外最顶尖的专家团队，与中方的建设者一同打造。用4年的时间，于1999年顺利完工，建造了一个以鹦鹉螺这一古老海洋生物外壳为场馆造型、建筑面积达到4.2万平方米的大型海洋馆。以代表神秘浩瀚的海洋和海洋生物无尽生命力的蓝色和橘红色为基本色调，屋顶层高20多米的挑空网架结构，全程无障碍的动线设计，将一个蔚蓝色的海洋世界呈现在人们面前。

"陶怡大众，教益学生，维系生态"，短短12个字成为海洋馆的企业宗旨。它包含了深刻的意义，也表达了企业定位。为什么不是"陶冶"和"教育"呢？胡维勇的回答是，作为海洋馆，给游客们尤其是少年儿童提供的是欢娱，"陶怡"一词本身有着教育和纯化的内容，而

"陶"字本身就有一种教育和熏陶的意思了。但企业的目的不是强力灌输，所以要怡情，即"陶怡大众"。还有，"教益学生"是指不能把海洋馆当成专门的学校去教育他人，而是要让游客特别是青年和学生从中受益，在获得知识的同时，享受到娱乐和情感上的丰富。

"维系生态"，因为海洋馆本身改变不了生态，只能创造适合生物生存的水环境、空气环境、水质条件，将其控制好维持好。作为内陆的海洋馆，所用的近两万吨水都是用自来水调配成各种海域的人工海水。让来自地中海、大西洋、太平洋和印度洋的各种海洋生物和鱼类，健康安全地生活在人工环境中。

水族部经理杨道明向游客们介绍，这些用人工海盐配制的"海水"，富含为鱼儿们提供营养的镁、钙、钠、铁等各种元素。海洋馆里大大小小近60个水池中，共注入了1.4万吨人造海水。

随之派生的另一个问题是废水的排泄怎么办？因为废水已被污染，要有一套净化水处理设备。在排污之前，把里面的化学成分和其他不符合国家排放要求的成分提取出来，然后再把符合条件的废水排出去，以保证不污染城市的地下水。所以叫"维系生态"，既要营造环境又不能制造污染。

海洋馆各展馆原始设计的初衷也是以"维系生态"为主，从地球的诞生到水资源对生物生态的重要性出发，一进大堂便有一个"地球诞生"的主题。进入展区的第一个展馆是"雨林奇观"，它是仿照亚马孙河流域的背景建造的淡水流域区，引入了当时湄公河、亚马孙河包括国内的长江、黄河流域的淡水鱼类打造而成。随着自然地势的变化起伏，22个大小不一的展缸，共展示了血鹦鹉、锦鲤、神仙鱼、射水鱼、巨骨舌鱼、七彩神仙鱼、玻璃鲇、红尾金龙、口孵鱼、水胭脂鱼、白鲨等100多种热带雨林及内陆河川的淡水鱼类。

　　从陆地走向海洋的第二个区域是"触摸池馆"。触摸池长 48 米，象征着屈曲绵延的海岸线，这里栖息着浅水海域的潮间生物。游客们可以亲手触摸形态各异的海胆、海葵、海星、寄居蟹、中华鲎等海洋软体动物。

　　经过红树林，进入汇总全球四大洋生物物种收集展示的"海底环游"。吸收地中海、非洲、太平洋和大西洋几大海域的生物环境，采集世界各地相关物种的 32 个展缸，向游客展示了地球上最具代表性海域的观赏鱼类，这里有"蝴蝶"——鞭蝴蝶、蓝纹蝴蝶、镰蝴蝶、多带蝴蝶，有"龙"——熊猫龙，有"马"——海马，有"角"——牛角，更有长吻鼻、副刺尾、黄高鳍刺尾等十几种形态各异的珍稀鱼类。

　　尤其是来自美国加利福尼亚海洋森林濒危珍稀的鹦鹉螺，它从亿万年前的远古走来，历尽风雨沧桑，在残酷的环境变化和生物进化中坚强地生存下来。出于对鹦鹉螺奋斗和坚忍精神的敬仰，海洋馆不仅选择它做馆体造型，还将其作为企业的象征，取意其坚强、积极、适应和奋斗的精神。

　　走进"海底隧道"，有色彩斑斓的水中视觉效果、纯正的海底梦幻氛围，成千上万的鱼儿在头顶游过，仿佛漫步深海，梦幻而真实，恍如人和海洋融为了一体。

　　从浅水珊瑚区进到位于深海大型洄游区的"鲨鱼馆"，在长度为 24 米、厚度 30 厘米的亚克力[1]胶整体展窗中，游弋着柠檬鲨、护士鲨、高鳍鲨、沙虎鲨、白边真鲨、大白鲨、乌翅真鲨等凶猛庞大的鲨鱼。

　　最受少年儿童喜爱的，莫过于专门饲养海洋哺乳动物的"鲸豚湾"

1　亚克力：学名"聚甲基丙烯酸甲酯"，是一种新型的建筑及展示材料。此种材料的弯曲强度达 120MPa，具有很高的安全系数。其全光线透过率达 91%，加上与海水相近的密度值，可以更好地展示海底生物的活动场景。

了。之前，国人对海洋哺乳动物的认知还不是很多，为此，场馆建设中将其作为一个重点的展区设计进来，成为我国第一个引入海豚、伪虎鲸、海狮等海洋哺乳动物的海洋馆。包括聪明的太平洋瓶鼻海豚、可爱的美国加州海狮等。半开放式的设计使游人可以和这些来自海洋深处的朋友面对面地交流，尤其是精彩的海豚、海狮表演具有极大的亲人性，给众多小游客带来无以复加的欢乐。后来，这里还成为海洋哺乳动物的训练培训基地。

在"海洋剧院"，海狮、海豹和海豚的表演滑稽、幽默，逗人喜爱。在岸上，它们摇摇晃晃、憨态可掬，可一进入水中却如龙似蛟，随着音乐的节奏跃出水面，在空中翻腾跳跃。驯养员看似像装了发条一样在水面滑过，其实是海豚顶着他在水中疾驰。当"无名英雄"带着串串水花浮出水面并发出阵阵海豚音时，引来游客欢笑连连、掌声阵阵，台上台下形成了欢乐的海洋。

海洋馆在改革的大潮之中应运而生，中国旅游业中首次出现了以海洋为主题的景区。自此，人们对海洋的概念渐渐地有了认知，原来在人工条件下可以养殖各种海域的生物、鱼类，包括植物。从此，游客们不用去海边，在内陆就可以在海洋馆看到繁多的海洋生物和鱼类。

海洋馆开业以后形势喜人，置身6个不同内容的展示场馆中，人们不但可以领略不同种类的海洋生物，还可以亲身感受人类与海洋的关系。馆内展出的各种鱼类达数万尾，其中海洋观赏鱼类及淡水观赏鱼类近千种。当时已有数万尾观赏鱼入住了海洋馆，并已完全适应这里的新环境。游客们抱着强烈的好奇心纷至沓来。

正当胡维勇和团队带领海洋馆人充满信心立志大展宏图之时，

2002 年 11 月初，一场突如其来的传染病疫情——"非典"[1] 在我国暴发了。

"非典"的肆虐，对我国的经济发展、政治状态和社会生活都造成了严重的影响，对旅游业无疑也是一次沉重的打击。当时海洋馆附近疫情比较严重的某大学和某研究院院所封闭停课，学生一律不许离楼，吃的盒饭都是用绳子往宿舍楼上吊。还有动物园，因为有疑似传播源的果子狸被关闭，也使得人心惶惶。在建小汤山医院之前，邻近的一家医院被指定为接收"非典"病人的定点医院，危重病人都往这里送，导致大批医护人员感染甚至殉职，该院自建院以来首次停诊封院。因为这些外部环境的影响，使得这个区域成了重灾区，被当时的人们称为"孤岛"。

在这种情况下，作为总经理的胡维勇陷入了深深的思考：企业的前景在哪儿？疫情何时过去？没有了游客，收入怎么办？

经过慎重思考和与管理团队反复商讨，企业做了三项重要的决策，把有限的资金集中起来进行特殊的分配。

第一个决策，保证生物的饵料不能减少，鱼类的生存条件不能降低，将有限的资金大部分用于保证生物资源的存续上。

第二，保证员工基本工资，管理人员包括部门经理以上一律停发工资。这个决定在之后召开的中层管理者会议上，得到了管理团队全体人员的一致认同。其中一人还不无幽默地说：我们平日收入相对较高，即使两三个月没收入，"瘦死的骆驼比马大"，凭家底也扛得过去。后来，又让工作不饱和的部分员工暂时回家待岗，但仍然发放最低

---

1 "非典"：全称为非典型肺炎，也叫作 SARS。"非典"是 2002 年 11 月 16 日在我国广东顺德首次发现，并且逐渐蔓延至全球的一次重大疫情。这次疫情直到 2003 年中期逐渐被消除。

工资。

第三个决策，待疫情过后经营好转，对疫情期间欠发的工资福利进行补发。这第三条决策起到了定海神针的作用，大家一听都觉得有了盼头，原来心存的疑虑也打消了。坚守岗位的1/3员工不讲分内分外、不分工种，部门间相互支持。结果是，"非典"期间海洋馆所有中层以上管理者无一人跳槽，全力以赴与海洋馆共克时艰。

及至2003年7月5日，台湾地区最后一个宣布解除警报，全国首次"非典"传染病疫情宣告结束，海洋馆也于7月以后恢复了正常营业。在对内经营上，海洋馆陆续增添了比较有趣和游客罕见的生物展示，如"热带鱼之王"银龙鱼、珍稀的爪哇牛鼻鲼、"海中毒魔"鳗鲇、有"鲨鱼领航员"之称的鲹科鱼等世界数十种珍稀水生动物……将其定名为"珍奇特展示"。

进入2004年春节，恢复了元气的企业，将全员的工资和奖金一律补发，个人收入恢复到了"非典"前的水平。超乎众人想象的是，不仅补发了工资，居然还能得到绩效奖励。

"非典"的经历也让胡维勇和管理团队成员深刻领悟到，企业要想生存并干出精彩，光靠做绩效考核、要求员工们尽职尽责还远远不够，必须进行企业文化建设。

趁热打铁，海洋馆从当年起，提出了尽职、尽责、尽心、尽力、尽善、尽美的"六尽"企业文化。首先，尽职尽责是最基本的要求，即你在什么岗位做什么工作，要对得起自己的一份工资；二是尽心尽力，做养殖经营的人员要爱鱼类，做海洋动物经营的人员要爱动物，在热爱的前提下才会去深入研究和保护它们；最高层次的尽善尽美，则是要求竭力完成自己的岗位职责，用最优质的服务实现游客的满意度最大化。

"海洋馆永远超乎你的想象！"这句话成为了企业口号——作为企

业员工，奋斗的完美程度会超过你的想象；作为游客，到海洋馆来享受的优质服务会超出你的想象。

"非典"过后制定的企业文化、宗旨和口号，对当时的海洋馆全员起到了凝聚作用，几乎每个人都从心底发出同一个声音——我们是海洋馆人！海洋馆永远超乎你的想象！

第三章

胡维勇的坚持

胡维勇彻夜难眠，他想起了古人的一句话："两害相权取其轻，两利相权取其重。"又记起刘伯承、邓小平当年在大别山带领中原野战军喊出的口号："狭路相逢勇者胜！"终于，他拿定了主意。

2004年12月初，正当北京海洋馆研究如何在恢复发展的路上进一步打造企业文化，探索如何超出人们的想象之时，胡维勇收到了从中国水产科学研究院长江水产研究所传来的信息：湖北一渔民在长江打鱼时，意外捕获一条长约3.2米、重达220公斤的野生母体中华鲟，因为伤势严重迫切需要救治。

3个月前的9月某日下午，长江荆江江段。这里河道弯曲，水流不畅，被称为"九曲回肠"。渔民王大奎正在从事正常的捕捞作业，大约

2时许，王大奎再次收网，突然感到渔网沉甸甸的，当他将渔网慢慢收拢时，网里一个庞然大物赫然呈现在他的眼前！"乖乖，这是条什么鱼呀？这么大！"闻讯赶来看热闹的渔民中有人告诉他，这是一尾野生中华鲟。

这尾中华鲟不幸被螺旋桨打伤，尾部和胸部有多处伤痕，伤势非常严重。王大奎和渔民们将其救上岸后，第一时间通知到长江所。科研人员当即赶到，发现这是一尾刚刚产卵不久的雌性中华鲟，从年龄测算大概28岁，按鱼的生物年龄相当于人的62岁。救鲟要紧！他们迅速将这尾受伤的中华鲟送至荆州基地。

几个月下来，基地的工作人员发现，当时的养护环境和医疗条件都不足以救治这尾受伤的野生中华鲟。基地只有几米长的小池塘，池塘中的水由于没有维生系统，浑浊起来可谓神"鲟"见首不见尾，中华鲟在这样的环境中要想得到救治非常困难。加上它多日不肯进食，因此有人做出了一个判断，估计这尾中华鲟很有可能救不活了。

于是，长江所向上级主管部门做了报告，开始寻找能够给这尾已经生命垂危的中华鲟提供生存、生活和康复条件的单位。起初在荆州、武汉、南京、上海等长江沿线有水族馆的城市寻找。但是由于风险太大，要为它提供一个能够生存、生活和康复的环境谈何容易！

正当山重水复疑无路之时，长江所时任所长张显良最终联系了沿江之外的北京海洋馆，并亲自带队北上找到了胡维勇。就海洋馆能否担当重任，救治这尾受伤的野生中华鲟，双方进行了深入研讨。当时，海洋馆所有人心里确实没底，原因是人工养殖野生中华鲟没有任何先例可参照；其次，这尾中华鲟体形如此巨大而且病情严重，随时会有生命危险。

虽说胡维勇内心也有些打鼓，但是以他知难而上的性格，绝对不会先摆困难，当即组织人员查阅了相关资料——

中华鲟，别名腊子、覃龙、鳇鱼、鲟鲨等，是中国特有的古老珍稀鱼类，国家一级重点保护野生动物，是我国特有的暖温性大型江海洄游性鱼类。它是地球上现存最古老的脊椎动物，在地球上已繁衍生息 1.5 亿年，被誉为"水中大熊猫"。由于数量稀少，1996 年被世界自然保护联盟列为濒危物种。从史书中可查，中华鲟是白垩纪以后遗留下来的古老物种。它生长在金沙江，成活在长江，长大在大海，繁育再回到金沙江，所以在 1963 年被命名为中华鲟。这种命名实际上就带有一种民族的情结，因为只有这种鱼能回到母亲河长江里来产卵。它是世界鲟科鱼类分布最南的一种，主要分布于我国近海及长江、珠江、岷江、黄河等水域，目前黄河、岷江内中华鲟均已绝迹，珠江内中华鲟数量极少，仅长江现有一定数量。

既然中华鲟是濒危物种，作为从事海洋生物宣传和保护的海洋馆人，就有责任尽最大的努力去保护它。萌生了这样的想法后，胡维勇率人和长江所负责人同赴荆州现场考察。一路上，胡维勇和张显良不停地交换意见，反复商量这件事。结果到了荆州基地现场一看，大家不禁倒吸了一口凉气。

只见几米见方的水塘里，因为没有维生系统，未经过滤的水浑得像河沟，依稀可见那尾受伤的野生中华鲟和几条人工繁育的子二代。长江所技术人员说：我们发自内心想拯救这尾野生中华鲟，因为中华鲟是国家一级保护动物，现在这尾又是目前最大的野生母体，岁数也是最大的，我们给这尾鲟起名叫"鲟女王"。经过初步治疗，"鲟女王"游泳、呼吸等指标已基本正常。尽管它的身体仍然比较虚弱，有时会出现侧翻情况，但存活下来的几率很大。待它康复后，还将对它进行生态调控，促使其性腺再次发育，繁衍后代。所以，我们一定得想方设法把它救活。

胡维勇在看到现场情况后感觉很震撼，同时心中升腾起一个念头——一定要想方设法救活"鲟女王"！

虽然有热血和雄心，但如此重大的课题，不是拍胸脯表决心这么简单就能奏效的，需要谨慎的态度、各方的支持和充分的准备。回京后，胡维勇召开了一系列会议研究此事，也邀请了在京的若干位专家共商方案。

当时，一些专业技术人员有明显的畏难情绪。因为没有先例，而且"鲟女王"作为野生大型母体十分珍贵，如果由于能力水平不足，出现意外怎么办？责任重大，所以没有把握最好不接。

第二个问题来自海洋馆内部。海洋馆虽然这么大，但是那些鲨鱼池、海豚馆占着绝大部分空间，把"鲟女王"接过来，馆内没有地方放啊！总不能只做一个类似长江所那种几米长的水池子，把中华鲟往里一搁吧，首先要考虑它的生活空间。而且它需要独立的环境，如果与其他鱼放在一起，被欺负死了怎么办？没环境，的确是个棘手的问题。

第三个不容回避的问题是，救治这尾受伤的野生中华鲟要花多少钱？这笔救治费又由谁来出呢？水产科学院领导当即表态说可以承担一些费用，包括运输、派专业技术人员、提供一些药品和医疗手段等。但是，养殖费用需要海洋馆自己想办法解决了。

面对三个大难题，救治中华鲟的事到底接还是不接，一时间陷入了僵局。胡维勇彻夜难眠，他想起了古人的一句话："两害相权取其轻，两利相权取其重。"又记起刘伯承、邓小平当年在大别山带领中原野战军喊出的口号："狭路相逢勇者胜！"终于，他拿定了主意。

在之后半个月的时间里，胡维勇又主持召开了一系列的论证会、讨论会和座谈会。会上，他阐述了自己的观点。首先，一个企业从事5年经营是一个周期，面临升级调整的课题。特别是经历"非典"之难，寻找升级突破已是不可回避的现实。面临困难做出抉择，对下一个5年至关重要。尽管刚战胜疫情，经营积累还不够充足，但没有新突破新抓手，因惧守成，更难以改善企业环境，不如背水一战。其次，技术攻关，不敢干就是禁区，勇于实践就没有雷池。我们和科研单位联手攻坚克难，首先要放下包袱。如果出现决策失误，作为企业第一责任人理应承担决不推卸。必要时可以引咎辞职。再者，资金问题可以动员社会力量、政府政策、金融机构、市场策划、危机公关等多渠道解决。办法总比困难多，活人岂能让尿憋死？

连续多次的会议终于有了效果，首先在多数管理和技术人员层面统一了思想，下决心一定要拯救中华鲟。渐渐地，大家的认识趋于一致了——海洋馆人面前无困难，"海洋馆永远超乎你的想象"！

认识统一了，接下来要做的事情是制订整体方案，分兵把关，分步实施。

当务之急的是解决"鲟女王"入住环境问题。以总经理为首的海洋馆决策层果断做出决定，把海洋馆最大的鲨鱼馆腾出来。如果腾出这个长29米、宽11米、深4.4米，能容纳1400吨水，如篮球场般大小的池子，别说一尾中华鲟，就是十几二十尾也不在话下。于是又有人发声，让鲨鱼搬家也太可惜了。因为当时养的鲨鱼共有六七种，28尾，最长的有3米多了。很多游客来海洋馆就为看鲨鱼，把它移走了岂不得不偿失？谁知道中华鲟能不能有鲨鱼的知名度和震撼力啊？面对质疑，科技组又从中华鲟的由来、生活习性等入手进行论证。

中华鲟属淡水鱼，比海水鱼好养，对水质的要求不高，因为不用海化。省却了这道程序，变相节约了成本和设备，还可以把这些设备留待派在其他用场。所以，经过科学论证之后得出结论，把海水改成淡水较之把淡水改成海水更容易。虽然有一些损失，但是直接损失并不是如想象的那么大。而且水的温差不多，都是低温水。

再说饲养问题。鲨鱼已经养了五六年，多数达到了两米多长，看上去确实壮观。但是把它养到再大，除了吃得多也没有什么更吸引人的地方了。有的鲨鱼还因为吃得太好、总吃不游，整天在水底趴着，野性没有释放余地，患上了脂肪肝。是否可以借此机会调换物种，重新养一些小鲨鱼，让我们的养殖技术再得以充分的发挥？

对于这一观点，年轻的技术人员认为可以接受。从小开始养，重新来认知，本身具有挑战性。把它挪一挪，对物种进化也是一种帮助。而中华鲟是被动觅食性的生物，容易接近，不像鲨鱼，轻易不能零距离接触，所以从技术上没有更大的难度。唯一不利的条件是过去没养过，但是可以尝试嘛。

关于经费问题。海洋馆领导层又做出一个对某些鲨鱼近乎绝情的决定——把大白鲨、护士鲨、沙虎鲨等几尾大鲨鱼有偿调拨给其他海洋馆，这样一来经费问题得以解决，救治中华鲟的饵料和药品就能维持相当长的时间了。

除此之外，还有最关键的一点是，养护中华鲟是一个历史的行为。因为没有人养过，没有人工参与救护过。对海洋馆来说既是挑战又是机遇，时不我待，机不可失，放弃了也许永远就失不再来了。但如果敢为天下先，15年、20年过后，我们就可以拍着胸脯骄傲地说：中华鲟养护专家是我们!

至此,不仅所有技术人员的疑虑完全打消,而且有人迫不及待地提出:那这活儿我们什么时候可以开始干?

在准备运输方案时,外部的业内专家又提出了问题和质疑。胡维勇经与张显良商议,决定在海洋馆举办一次最高级别的论证会,请农业部渔业局、渔政指挥中心、水产科学院、中科院淡水所等,包括院士、研究员一并出席,充分论证可行性和进行风险评估。

论证会上,胡维勇代表团队做方案汇报,主要谈了三个观点。

第一,海洋馆的水体目前比所有能提供中华鲟生存的空间都要好。如果在全国还能找到更好的,我们不争。找不到,我们这里就是最好的。1400多吨水体养一尾受伤的中华鲟,和长江自然比不了,但是要比任何一个人工养护的场所条件都好,它会在这里享受到比较好的生活和生存环境。

第二点,保护中华鲟意义重大,应该借此机会让老百姓去关注它、认识它。游客在观赏中华鲟的同时,了解珍稀物种保护知识,可以进一步增强爱护动物、环保意识和人与自然和谐相处的理念。

第三个理由,由于有这么多专家重视和直接指导,为海洋馆全力推进此事提供了重要保证。海洋馆也准备专门成立养护中华鲟的专业团队,即在水族养殖部成立一个中华鲟组,由大学生、研究生、博士生四五个人组成。对中华鲟进行专门研究,并跟专家一道与它近距离接触,每天进行观察,保证24小时巡护,随时发现问题随时用药,同时根据它的生活习性进行科学喂养。海洋馆的驯养员能潜到水里跟鲟鱼零距离接触,在水下直接运作,这样的团队和技术优势正是我们得天独厚的。

　　在详细汇报具体方案后，中科院曹文宣院士首先表态，肯定了海洋馆的想法。其他与会专家也一致表示支持。趁热打铁，胡维勇最后表态说：海洋馆不向国家要一分钱，我们愿意凭自己的力量来做这件事。

　　听到这里，曹文宣院士点头表示赞许。他进一步阐明观点："把中华鲟放在科学院的养殖场，不是同样存在着死亡的风险？既然我们已经决定把它列入科研保护项目，风险又是客观存在，那就把它当成一个项目共同来完成。死了就当研究，活了就是成果。在各方合力支持下，在迁地保护中华鲟方面，能够起到储存、避免物种灭绝的重要作用，应当把它视为我国珍稀濒危野生水生动物保护实践的有益探索。"

　　曹文宣院士的一番话，起到了扭转乾坤的作用。

第四章

鲨鱼让位中华鲟

4条鲨鱼上演了如同人类搬家时"钉子户"的角色，它们用行动据理抗争：这么多年下来，游客都是冲我们来的。冷不丁让我们给一个不速之客腾地儿，凭什么呀？

论证会通过了，需要尽快做先期准备。第一件事就是为鲨鱼集体搬家，给受伤的中华鲟腾场地。原来鲨鱼馆的鲨鱼池里面，有大大小小各种鲨鱼28条，其中几条大鲨鱼从小就生活在这里，如今已有近5个年头了。鲨鱼们在这里的生活悠然、闲适。在特制的亚克力幕墙保护下，人们可以近距离观察鲨鱼，欣赏它们精彩的表演，小情侣还会想起"鲨鱼哥和美人鱼的浪漫爱情故事"。

虽然驯养员和鲨鱼朝夕相处，可是要让鲨鱼马上腾地儿，他们谁都不敢打包票，有人甚至说这根本不可能，因为他们认为没有办法可以让这些以凶残著称的庞然大物搬出来。因此，面对这样一群并不温顺的家伙，怎样把它们捕捞出来，成了摆在众人面前的首要问题。

如果采用捕捞的办法，鲨鱼的第一反应肯定是反抗，谁也不知道它们会反抗到什么程度。如果采用下池抓捕的办法，不用说鲨鱼拿牙碰你——那样的话估计驯养员也就没有生还的机会了，就说它用尾巴甩你一下，都足以把你打晕了。何况鲨鱼就像人一样，一旦受到大惊吓，就会变得神志不清，甚至可能做出可怕的事情来。此外，好不容易在人鲨之间建立起的和谐关系很可能会因此被破坏掉。

除了捕捞，运送也是一个大问题。稍有不慎，在运输过程中鲨鱼也许就会死亡。各种难题，让参与此次捕捞行动的管理者和工作人员睡不着觉，吃不下饭，尤其是担任此次鲨鱼搬家总指挥的杨道明，血压一度升高至 180！

面临重重困难，海洋馆专门成立了鲨鱼搬家指挥部，制订捕捞方案。顶着压力，杨道明多次组织部门会议，做出各种模拟设计。他提出，捕捞不能蛮干，要跟鲨鱼斗智斗勇，各品种的鲨鱼要用不同的方式捕捞和运输。其间，永远要把安全放在第一位。即第一要保证人的安全，第二要保证鱼的安全。

鲨鱼捕捞具有相当大的难度，因为它被人们认为是海洋中最凶猛的动物，有"海中狼""海上将军"之称。捕捞鲨鱼如同打仗一样，必须充分做好前期的准备工作。在 2002 年，作为海洋馆元老的杨道明就开始研究麻醉鱼类这个科研课题。但一直是用小型鱼类在做试验，迄今为止，国内还没有为鲨鱼做麻醉的先例。鲨鱼只能靠在水中游动时水流通过鳃部而获得氧气，如果给鲨鱼麻醉的剂量掌握不准，麻醉时间太长，鲨鱼长时间不能呼吸，将可能导致死亡。

为了此次鲨鱼搬家，海洋馆 1 个月前就请来了专家。据专家讲，鲨鱼一离开水就不能呼吸了。所以要先计算出鱼在离水的过程中，使用多大剂量的麻药、麻醉多长时间，一瞬间把它麻醉到最好的程度。全过程中还要保证它不能缺氧。轻度"催眠"只有 10 分钟的药效，只有在这个时间段完成，对鲨鱼的麻药用量才不会对鲨鱼造成危险。同时，为避免鲨鱼胃里有食物，捕捞时会引发它身体不良反应有害健康，水族部还下了狠心，之前整整 5 天没有给鲨鱼们喂食。

搬迁工作从 2005 年春节过后开始。为了帮助这些鲨鱼搬家，海洋馆几乎动用了所有的人力物力。2 月 18 日，鲨鱼搬家头一天，工作人员将一个特制的铁笼安稳地吊进水中，铁笼中垫有 10 厘米厚的海绵，以避免鲨鱼在猛烈挣扎撞击铁笼时受伤。铁笼的门用一条绳子连接到工作人员手中，只要鲨鱼进入铁笼，工作人员拉动手中的绳子，铁门就会立刻关闭，"铁将军"就成了笼中之鲨。准备工作一切就绪，只等着鲨鱼落网。

第二天，鲨鱼搬家工作正式开始。下午 1 时 30 分，杨道明一声令下，诱捕行动正式开始。5 名工作人员手持防鲨棒潜入水中。其中两人分别用两条巨大的铁钩夹着小鱼，在靠近铁笼 1 米处的水面开始拍打，引诱一条条鲨鱼进入铁笼。其他 3 名工作人员引导着鲨鱼们向铁笼靠拢。甭说，这一招还真灵，有 24 条鲨鱼先后被成功诱入铁笼。本来嘛，号称"海上将军"的鲨将军遇上了"鲟女王"，情不情愿的也得给人家腾地方不是？

当工作人员准备重施故伎，将余下的 4 条鲨鱼引诱到铁笼时，却出现了意外。剩下的一条锥齿鲨、两条柠檬鲨和一条护士鲨死活不肯挪窝。它们都是鲨鱼家族中性格最凶猛、体形最庞大的鲨鱼。锥齿鲨，像老虎一样，嘴巴可以张得非常大，主要食物是海豹，当海豹从水面游过时，它从下面一口就可以咬住海豹。柠檬鲨，属于群聚性鲨鱼，以鱼为主食，经常采用偷袭的猎食方式袭击猎物。相形之下，护士鲨是一种夜行动物，比较温顺，平时喜欢趴在水底嘴巴朝下，靠巨大的吸力吃沙子里的小鱼、小虾。

4条鲨鱼上演了如同人类搬家时"钉子户"的角色，它们用行动据理抗争：这么多年下来，游客都是冲我们来的。冷不丁让我们给一个不速之客腾地儿，凭什么呀？

工作人员在铁笼里面放了一个鱼饵，希望像抓老鼠一样，引诱"钉子户"们进去吃。可是事实证明鲨鱼比老鼠聪明，一看到笼子它们就感觉到了威胁。尽管饥肠辘辘，仍然不为眼前的美食所动，悠闲地在水底漫游，就是不靠近铁笼。无论工作人员怎样拍赶，如何引诱，4条鲨鱼死活不肯挪窝。工作人员面面相觑：怎样才能对鲨鱼的伤害最小而又诱捕成功呢？

《京华时报》记者郭爱娣生动记录下了当时诱捕行动的惊险一幕——

水族馆杨道明经理一声令下，诱捕行动正式开始。两名饲养员分别用两条巨大的铁钩夹着小鱼在靠近铁笼1米处的水面开始拍打。工作人员想用这种方法来引诱已经饿了5天肚子的大鲨鱼。

可再看这4条大鲨鱼，对眼前的美食不为所动，仍然悠闲地在水底漫游，就是不靠近铁笼。10分钟后，杨经理下令将鲤鱼开膛破肚，顿时诱饵箱中血水一片，工作人员说，血腥是对鲨鱼最好的刺激。果然，4条鲨鱼开始兴奋，它们小心翼翼地靠近笼子，变换着阵型在笼子周围盘旋、试探。一条胆大的鲨鱼猛地蹿上来吸了一口血水，掉头跑开。它们保持警觉的样子，好像在说："虽然我的肚子已经咕咕叫了，但是安全还是第一。"

······

工作人员与鲨鱼进行了近20分钟的斗智斗勇，饥饿的鲨鱼就是不上钩。工作人员无奈只能将两条活鲤鱼抛入水中，希望鲨鱼在抢食中误撞铁笼。可狡猾的鲨鱼在不到两分钟的时间内就把两条鲤鱼吃下肚，却一点也没碰上铁笼。两个小时的僵持过去了，工作人员决定做最后一次尝试。他们将活鱼饵再次吊在铁笼附近，鲤鱼一入水，鲨鱼马上开始变得狂躁，但每每接近铁笼都掉头跑开了。3时15分，工作人员放弃了诱捕。

下午4时整，工作人员无奈之下放弃了诱捕。与4条猛鲨较量的第一回合，以鲨鱼先胜一筹告终。

面对暂时的失利，杨道明认为，从前一天的诱捕情况看，这4条鲨鱼是非常聪明的，必须改变诱捕方式，进一步探讨新的策略。于是，他与水族部的人员重新探讨最后的抓捕方案。同时，他们接到了很多热心市民的电话，大都是为"鲨鱼搬家"献计献策。最终，专家们提出了"围网引诱、催眠转移"的方法，把长30米、宽5米的棉网下到鲨鱼展缸中并固定。

本着安全第一的前提，水族部和专家研究确定了4套方案，以应对水下作业可能出现的突变情况。第一套方案是由驯鲨员潜入水中，将鲨鱼赶入事先布设好的围网中，这是最顺利的一种情况。如果鲨鱼不肯安静地进入围网，则启用第二套方案，就是利用防鲨棒强行将鲨鱼赶入围网。如果鲨鱼受到惊吓，剧烈挣扎反抗，便启用第三套方案，所有工作人员撤离水中作业，用巨型围网强行将鲨鱼拖出水面。如果以上办法仍不能逮到鲨鱼，那只能启用第四套方案了，即实施麻醉。

2月25日，紧张的第二次捕捞战役打响了。柿子还得挑软的捏，潜水员们先把目标锁定在体形巨大但性情温顺的护士鲨"安妮"身上。

护士鲨"安妮"于建馆之初来到鲨鱼馆，当时体长不足1米，体重不到50公斤，被单独放在暂养池里驯护。"安妮"的驯养员叫苗苗，苗苗刚到海洋馆的时候，就是穿上全套的水下装备，也不敢近距离接触"安妮"。但是一段时间下来，苗苗知道了护士鲨的性情十分温顺，一般情况下是不会主动攻击人类的，于是不再担惊受怕。两年过去，在苗苗的细心照料下，"安妮"的体长已达到2.3米，体重将近200公斤了。

一天，"安妮"突然生病了，平时生龙活虎的它变得安静了许多，还不喜欢吃东西。苗苗眼看"安妮"一天天消瘦，于是下决心到水下人工给它喂食物。动物是人类的朋友，"安妮"在生病的那些日子里，开始感受到苗苗对它的关心。第一天吃一块食物，第二天两三块，第三天四五块……慢慢地，它的胃口越来越好，一天能吃1.5公斤美味的饵料了。食物有多春鱼、花池鱼、鱿鱼等。在苗苗对它的细心照顾和兽医的治疗下，"安妮"的病情很快好了起来。

日久生情，苗苗和"安妮"成为了好朋友。当苗苗下水的时候，"安妮"就会轻快地游到苗苗身边，与她缠绵在一起。苗苗对"安妮"也是疼爱有加，轻轻地抚摸着它，还可以任意地抱着它在水中畅游……

这次鲨鱼搬家，护士鲨"安妮"却成了"钉子户"中的一员。平时对苗苗言听计从的它一反常态，无论如何也不肯按照她的意旨入网。也许，聪明的它看着同伴们或被关进铁笼，或被网捕，已经看出正在发生着什么。当铁笼这个庞然大物又一次突然出现在它的面前时，平时最听话的"安妮"可能预感到了什么，和苗苗等潜水员们玩起了捉迷藏，到处躲闪，潜水员们不得不一起上去把它团团围住，用防鲨棒连拉带拽地往预定区域撵。

"安妮"在防鲨棒和围网之间徘徊不定，它宁愿选择撞到防鲨棒上也不愿被赶进围网里。反复几次，5名潜水员好不容易才将它引入到了铁笼外围的渔网中，可是还没等大家松口气，聪明的"安妮"瞅准机会又从渔网边缘的空隙中钻了出去。

正在这时，锥齿鲨和柠檬鲨也对这场"游戏"产生了兴趣，它们先后围拢过来。这一突发情况让工作人员警觉起来，5名潜水员被迫停止行动，等待鲨鱼们安静下来，再重新开始。

鲨鱼已经受到了不小的惊吓，它们的行为变得跟平时不大一样。柠檬鲨莫名地窜来窜去，锥齿鲨也嘭嘭嘭地在池子里扭来扭去，它们好像找不到自己觉得安全的地方了。好在过了一会儿，也许它们觉得没趣，又快快地游走了。险情排除后，潜水员和护士鲨"安妮"继续玩起转圈的游戏来，而且这圈还越转越大。这样一来，潜水员的体力消耗明显增大。

几个回合后，"安妮"被驱赶到事先备好的渔网内，几经挣扎但却无法逃脱，最终乖乖地束手就擒。在不到1个小时的时间内，它就被装进了带有海绵等保护设施的笼子内，安全地运送到鲨鱼暂养池中。情况好像还不错，它静静地趴在水底一动不动，苗苗潜入水中轻轻地用手抚摸它的背部，并细心观察它的皮肤有没有受伤。15分钟后，"安妮"缓缓游动起来，大家也就松了一口气。此时，其他3条鲨鱼都躲得远远的，看着失去自由的同伴，它们的心里大概在盘算怎样才能逃过这一"劫"。

第二步本来计划诱捕柠檬鲨，但是柠檬鲨的记忆能力非常强，一旦发现自己的同伴被抓走，它就再也不会上当进铁笼子里。于是，富有戏剧性的一幕出现了，那条不如柠檬鲨记忆力强的锥齿鲨"不幸"先行误入网中，成了"俘虏"。岸上的工作人员立即紧急收网，同时，将注入麻药的水管伸到锥齿鲨鳃部，喷出麻药。

接下来，要用"围网引诱加催眠转移"的方法对付智商最高的柠檬鲨了。两张大网撒入水中形成了一个包围圈，同时设计出多条路线，以保证在多个角度迅速收网。但是，这个方案不可避免地需要潜水员下水，和强悍的鲨鱼进行一次近距离的交锋。他们要一点一点、小心翼翼地把柠檬鲨诱导到围网的控制范围，保证起网以后能准确地对其实施麻醉。

围网逐渐缩小，一条柠檬鲨已进入包围圈，人们屏住呼吸紧张地等待着这一刻的到来。柠檬鲨似乎感到了危险，开始不安起来，水面泛起巨大的浪花……终于等到了时机，两台麻药注射泵分别向两条柠檬鲨的鱼鳃和鱼嘴喷去。但始料不及的是，一条柠檬鲨在麻醉初期异常兴奋，不停地翻动身体。如果这时它冲出围网，将对水下的潜水员产生巨大威胁。就在千钧一发之际，这条柠檬鲨突然停止挣扎，不动了，原来它进入了麻醉状态。

终于，4条凶猛的家伙一一被搬上了岸。暂时麻醉的鲨鱼们被抬上帆布担架，用滑轮吊入楼下早已等候的海水水槽车，工作人员又对准鲨鱼鳃部补了少许麻药。拉着鲨鱼的水槽车被推到门外叉车上后，被迅速送入水族部后区暂养池。整个运送过程只用了五六分钟。与鲨鱼的博弈最后胜出的，是苗苗和她的队友们。

当鲨鱼被放入暂养池时，还处于昏迷状态，工作人员立即在鲨鱼鳍处注射了苏醒药水，同时用手抚摸鲨鱼的身子，将清水喷到鲨鱼头部。几分钟后，鲨鱼渐渐恢复了知觉，开始自主呼吸。至此，全部搬运工作终于在人与鲨鱼惊险刺激的对垒中艰难结束。

两场战役加上对策研究历经 20 多天，终于把 28 条鲨鱼全部搬走。除了送到兄弟海洋世界的鲨鱼外，7 条体长在 2 米以上的大鲨鱼挪到水族部科研基地新建立的鲨鱼暂养池中。在饲养员的精心调理下，鲨鱼们的饮食、活动很快恢复了正常，工作人员也及时为它们补充了营养。鲨鱼暂时不能和游客们见面了，因为经过一通折腾之后，它们的体力明显下降，精神上也受到了强烈刺激，需要静养一段时间。

尽管驯养员们心有万般不舍，但是为了 "鲟女王" 的救护，还是有若干尾大鲨鱼不久后有偿调拨给了其他海洋馆，包括苗苗心爱的护士鲨 "安妮"。苗苗最后拥抱 "安妮"，深情地抚摸着它，目送载着 "安妮" 的运输车远去，视线渐渐变得模糊……

鲨鱼搬走之后，要把 1400 吨的海水全部换成淡水，这也是一件非常复杂的事。不是像游泳池那样，把旧水一泄再放入新水那么简单。长 29 米的大展缸，如果一下子就把 1400 吨水泄出，展窗失去侧压力，会因为内应力的变化瞬间变形离骨，造成整个展缸崩裂。必须得在侧压力减少的情况下让它一点点适应。在专家的指导下，根据检测，一天降 1 米左右，1 星期之后把水放完，再将人造海水系统改成模拟太湖水的淡水，放满后再养水 1 周。正所谓养鱼必须先养水，因为水里面需要大量的微量元素和微生物，还要测量化学成分的 pH 值、酸碱度等等，以达到适合中华鲟生存的标准。

第五章

"鲟女王"进京

在中华鲟进京欢迎仪式上，胡维勇当众宣布："经过一段时间的驯养后，大家就可以亲眼看到古代传说中'鲟龙'的真实模样了。届时，让中华鲟的英姿展现在首都人民面前！"

请走了鲨将军，新的"豪华宾馆"落成。在海洋馆的国宝中华鲟馆里，透过当年世界最长的亚克力展窗，游客可真实地看到中华鲟这一古老物种及其繁殖生活的长江流域景观，馆内富有趣味的科普知识展板，系统地介绍了中华鲟神秘而极具魅力的一生。

万事皆备，只差迎接"鲟女王"进京了。海洋馆将迎接"鲟女王"的时间定在了2005年4月3日。之前馆里召开一个重大的会议，向全体员工宣布：2005年4月3日，我们要迎接中华鲟进京。每个人都要记住这个重大的日子。

紧锣密鼓的准备工作开始了，运输工具如何解决成为当务之急。沃尔沃汽车公司中国区北京分公司得知这一消息，积极主动找上门来，表示为了拯救国宝中华鲟做公益义不容辞，可以免费提供一辆大型集装箱运输车供海洋馆使用。

胡维勇亲自率人去荆州，找了当地一家做冷库的钣金工厂，定制了一个3米多长的大养殖箱做车载运输箱。在养殖箱底部铺了1米厚的海绵层和橡胶垫，相当于一个具有减震效果的"软包厢"，防止中华鲟在运输过程中被撞击或被擦伤。同时解决了在养殖箱里添加造流泵、液氧设备以及医疗设备等一系列技术问题。

农业部渔业局负责人牵头开会，要求相关省市包括湖北、河南、河北、北京四地渔政沿途确保接送安全。因为到省级交接站需要停留办手续，观察鱼的变化，是否需要充氧、换水等等。如同接力赛一般从荆州出湖北，经河南过河北，直至抵达北京。沿途的各种手续全部就地现场办公，以避免因为办手续停留时间过长，出现中华鲟死亡的风险。

4月1日凌晨，一辆蓝色的集装箱车为前导，后面十几辆载着专家和工作人员的车组成车队，浩浩荡荡向着湖北荆州方向驶去。身为总指挥的杨道明带队前往为"鲟女王"护驾。

在荆州太湖中华鲟实验基地，为了便于运输，专家提前为"鲟女王"注射了一针轻微麻醉剂，并在其背部影印标记420 B 4 F 570 F。这个影印标记相当于人的"身份证"，在全球范围内都不会重复。4月2日下午5时，这尾"醉美人"被抬进运送车箱，从荆州太湖中华鲟实验基地启程了。经汉宜、京珠高速公路，运鲟车辆日夜兼程，途经4省。一路上，车辆保持在90公里／小时的速度行驶。

护驾的工作人员一路上每 3 小时要下车观察一次，调整氧气供给，检查水温和水质。当杨道明第一次下车观察、准备给"鲟女王"翻身时，意外发现有一尾小中华鲟不知何时溜进了水箱。这个小机灵鬼是荆州基地繁育的一条子二代，只有 10 多厘米长。人常言浑水摸鱼，这尾小中华鲟来了个浑水蹭车，跟着"鲟女王"一路享受了总统级待遇。面对这个小"蹭客"，杨道明和同行的工作人员临时给这尾小中华鲟取了一个超可爱的名字——"鲟鲟"。

运输途中需要进行换水，由于担心中华鲟不服途中水土，工作人员提前把长江故乡的水送到第二站——河南新乡等候。经过 1 个小时的换水，测量了水温和水的 pH 值之后，专业人员又加大了送氧量。"鲟女王"一路上状态良好，一直处在浅睡状态中。

4 月 3 日 16 时许，车队进入北京地界，北京渔政站联系了警车和渔政指挥车，全员还特意在北京高速路入口处列队迎接。运输车平缓驶进海洋馆，"鲟女王"和"鲟鲟"历经 23 小时，行程 1400 多公里，终于到达了目的地。

"来了！来了！准备迎接！"

看到蓝色集装箱车在警车导引下驶进海洋馆，迎接中华鲟的工作人员顿时激动地喊了起来。这天，海洋馆全员出动，包括保安、工程、养殖、宣传人员等，早已做好了迎接中华鲟进馆的一切准备。

"谢谢你们！一路辛苦了！"胡维勇和杨道明等运输队的成员一一握手。

"到了，终于到了！"杨道明兴奋地紧握胡维勇的手，松了一口气。

"鲟女王"进京，使"中华鲟"3 个字一次次挑动着人们的神经，更多的目光向这里聚集。

在中华鲟进京欢迎仪式上，胡维勇当众宣布："经过一段时间的驯养后，大家就可以亲眼看到古代传说中'鲟龙'的真实模样了。届时，让中华鲟的英姿展现在首都人民面前！"

　　和人类不能长时间接受麻醉一样，鱼类接受麻醉的时间也有限度，如果时间过长，容易出现危险。为了让"鲟女王"尽快从轻微麻醉中苏醒，进入正式的鲟鱼馆展池，欢迎仪式热烈而短暂，最大限度地压缩了时间。

　　由于"鲟女王"体形过大，为了顺利地将它从运输车安置到海洋馆，海洋馆先前已备好一台吊车。一根水管一头连接鲟鱼馆的新水，另一头注入中华鲟在车上的运输水箱，同时，水箱中的旧水也被逐渐放掉。由于中华鲟运输水箱中的水温和鲟鱼馆展池的水温不太一致，为了让"鲟女王"有时间适应新家的水温，不至于感到不适，专家提出用新水慢慢替换旧水。

　　1个小时后换水完成，一直在车上观察鲟鱼情况的工作人员穿上防水裤下到水箱中，先把"鲟女王"包裹在帆布里，再把帆布固定好挂在起重机上。随着一声令下，被帆布包裹着的"鲟女王"从货车的集装箱中被高高吊起，并随着吊钩缓缓提升渐渐出水。可能是感觉到了寒凉的空气，担架中的"鲟女王"忽然在半空扭动躯体跳起了"摇摆舞"。为确保它的安全，工作人员只好重新将其放回水里。如此反复两次，"鲟女王"安全进入了海洋馆准备的带轮水槽，终于被顺利运抵鲟鱼馆。

　　在对"鲟女王"体检之后，工作人员用凡士林加云南白药和一些消炎药调制之后的膏药，为它涂抹身上的外伤和运输过程中轻微的擦伤，然后将它放进了鲟鱼展池。在海洋馆的新家里，等待它的是一池由长江所、海洋馆双方专家精心调配的模拟太湖水。无论是含盐量、含氧量还是微量元素的比例，都和太湖清澈的湖水别无二致。目的只有一个，希望"鲟女王"能够在北京同样找到家的感觉，尽快适应这里的一切。

一路上处在晕晕乎乎状态的"鲟女王"，入水后立马像换了一个"鲟"，特别兴奋地来了个"鲤鱼打挺"，似乎回到了美丽的家乡。"鲟鲟"因为太小，被放入展池旁的一个暂养池中。

3名潜水员紧跟着"鲟女王"潜入水中。原来，为了防止"鲟女王"在苏醒后过度兴奋伤到自己，潜水员们要在它身边"陪游"，直到它反应完全正常为止。3名潜水员一人托头，一人抱身，一人捧尾，几乎是像教小孩学步一样护着"鲟女王"。10多分钟后，经过几圈助游，"鲟女王"开始慢慢苏醒，心跳次数也由最初的每分钟30次，变为每分钟39次。渐渐，它活动开了筋骨，可以自己慢慢游了。这时，潜水员们才放心地上岸。

不过，从第二天开始，工作人员发现，"鲟女王"没有了初来乍到时的兴奋，不在池水中畅游了，而是待在一个角落静静地不动。专家在听到潜水员下水观察后的情况汇报后说："习惯于在长江流域的自然水体下生活的'鲟女王'，也许还不适应海洋馆里的人工水体，况且身上还带着比较重的伤。再加上来京路途遥远需要休息，所以表现得不是很活跃。能否马上让它进食，还有待于观察几天。"

相形之下，人工繁育的子二代"鲟鲟"则很快适应了新家的生活，欢快地在清澈的池水中游来游去，开心地进食水蚯蚓等天然饵料。

为了让"鲟女王"尽快适应海洋馆的生存环境，鲟鱼馆工作人员为它建立了生活档案，包括泳姿、游泳路线和与潜水员的相互间关系等。还挑选了两名潜水技能一流又具有丰富养殖经验的专业潜水员每天下水照顾它的起居。在潜水员第一次下水时，"鲟女王"首先表现出警觉的行为——躲在角落里游动，观察潜水员。中华鲟前面的吻端非常坚硬，如果一下子快速冲撞的话，人是绝对扛不住的。它后面的尾巴长得也很特别，上长下短，就像一把扫帚，抖一下就能把人甩出好几米远。

潜水员蔡经江在海洋馆刚建馆时就入职了，又凭借一身好水性被选到鲟鱼馆工作。从捕捞迁移鲨鱼到把"鲟女王"迎进新馆，他都全程参与了。连日来，他一边通过助游一点点了解"鲟女王"的习性、一边学习如何做好自我安全防护。对"鲟女王"充分表现出礼貌与友好的姿态，从中发现在接近它的时候，自己的心态和想要做的事情，它是能感觉到的。

比如，当你要去安抚"鲟女王"的时候，心态应该很平和，心跳很匀速，动作也是很轻缓的。当你要去接近它的时候，你传递给它的心跳，或者你游动的时候带起的水波纹以及你靠近它的位置，都会对它产生影响。你如果从上边接近它的话，它可能会有一种压迫感，感觉被上方某个东西压抑着。你若从侧边接近它，它也许会认为你是与它平行的某个不明物，也会对它心情造成影响。还有就是前后关系，如果它在前方，你在后方接近它的时候，它对后方的东西是不太敏感的。尤其是你如果在它前面的话，它就会感觉到有某种物体可能要撞上或者碰到。这种情况是最危险的，不仅会对它有一定的影响，也可能对人产生冲撞。所以，蔡经江在实践中渐渐摸索出，如果你想与"鲟女王"近距离接触，从它的身子下面去接近它是最安全的。

渐渐地，"鲟女王"感觉到了蔡经江等潜水员对它的友好，进而不再躲闪，甚至可以亲密接触了。于是，护理人员开始为它做体检，B超、测血压、化验等，并对它伤口的康复、脏器的健康变化做医疗记录，建立人文管理的第一手资料。"鲟女王"的外伤抹上白药，立刻就被水冲跑了，护理人员就往里面掺了凡士林膏，使白药能够附着在它的身体表面，大大加长了滞留时间。第一关就这样闯过，"鲟女王"能够与人和谐相处了。

可接下来，一个更加棘手的问题摆在鲟鱼馆全体工作人员面前。

第六章

鲟以食为天

越过了野生中华鲟在人工环境下进食这道坎，海洋馆人像过一个重大节日似的奔走相告，欢腾雀跃："'鲟女王'进食啦！"

"鲟女王"之前经历过受伤、被捕获、在荆州基地暂养等过程，已经多日没有进食了，体重断崖式下降。但是，为避免因长途运输及长期不进食引起其他异常，进馆后过了三四天，直待鱼况稳定后，才开始试着对它进行喂食。

饲养员用一根白色的塑料管从水池上方伸下去，通过塑料管将黑色的颗粒状食物"吐"在池中央一块突起的山石上，以为它游着游着饿了，看见了山石上的鱼饵就会吃进去。但是"鲟女王"对此完全视而不见，一遍遍悠然地从山石边游来游去，展示着它巨大的身姿。见此情景，鲟鱼馆所有人员都非常担心，如果它什么都不吃，再这样下去饿死了怎么办？

因为换了完全陌生的水下环境，"鲟女王"不肯主动进食。这是中华鲟的生物特性，如果觉得环境不适合它的话，会拒绝进食，甚至一直等死。开始，饲养员是直接拿着鱼饵往"鲟女王"的嘴里送。与陆地动物喂食不同，水游动物需要人按照它的运行曲线喂食。饲养员需要掌握水中浮力，保持平衡，确保和鲟鱼姿势对应。饲养员陪着"鲟女王"一边游，一边把食物尽量往它的嘴边送，期盼着它能突然间开口吞食，结果也是无论怎么喂它还是不吃。

软的不行，就来硬的。饲养员戴上防咬手套，把"鲟女王"的头固定住，把鱼饵往它嘴里硬塞。和人一样，当食物到咽喉的时候动物往往会下意识地有两个动作，一是往外吐，一是往下咽。工作人员的想法是，把食物刚好送达"鲟女王"要往下咽的那个部位，让它能够咽下去。可是中华鲟那么大，塞过无数次，它都是马上吐出来，原因是塞的深度不够。经过 24 小时的细微观察，杨道明想到了半强迫的喂食方式，发明了一个办法，即通过一根管子对"鲟女王"进行塞喂。

按照中华鲟的身体构造，首先要计算出从它的口部到胃部的长度是多少，然后，把食物和药剂塞进鱿鱼的肚子里，用羊肠线把鱿鱼包缝合起来，再接上一根软管。在"鲟女王"张开嘴呼吸大概只有三五秒的时间当中，一瞬间把连着软管的鱿鱼包塞进中华鲟的口中，并向里面插送到计算好的位置，然后又在瞬间抽出软管，那个鱿鱼包就妥妥地留在它的胃里了。

为刺激"鲟女王"的肠胃蠕动，工作人员把多春鱼等鱼肉蒸熟了，然后把剔出来的肉放到鱿鱼包里，加上药物来喂它。第一是为了好消化，第二是蒸熟后的鱼肉水分会大量去除，这样做是为了对它肠胃刺激小一些，有效摄入率会更高。接下来，饲养员用同样的方法，将鱿鱼包放置在管子的前端，再放到"鲟女王"的嘴边引诱其开口。待它开口的瞬间，再以迅雷不及掩耳之势将食物放入它的口中。就这样，"鲟女王"半被动地开口进食了。

熟食喂了几天之后，工作人员又开始给"鲟女王"改用生的鱼肉等进食。为进一步解决"鲟女王"主动捕捉食物的问题，鲟鱼馆每天为改善它的伙食煞费苦心，毫不吝啬。采买来十几元钱一斤的大黄花鱼、鲜活的鲫鱼和大个的鲜虾、贝类等二三十种饵料挨个试，结果发现"鲟女王"对活鲫鱼最感兴趣。为保证摄入的营养均衡，饲养员在给它喂食前，还会在鲫鱼的肚子内添加维生素等营养片剂。为了不让"鲟女王"闻出药味，要先将营养片剂放进空胶囊，然后将胶囊放入鲫鱼肚中，再喂给"鲟女王"吃。再加上蔡经江等驯养员对"鲟女王"的亲和训练，让它去慢慢适应新的环境，它开始有了主动进食的欲望。

又是将近1周过后，"鲟女王"终于开始接受潜水员喂养的食物，主动开口进食了。但是一开始进食还不稳定，有时一天吃几条鱼，有时一条也不吃。两周过后，"鲟女王"进而表现出了强烈的进食欲望，吃的速度也加快了。在连续两个星期的时间里，它平均每天要吃下3斤左右的活鲫鱼。

越过了野生中华鲟在人工环境下进食这道坎，海洋馆人像过一个重大节日似的奔走相告，欢腾雀跃："'鲟女王'进食啦！"

"鲟女王"主动进食当天，胡维勇对外宣布：经过两周的不懈努力，千里进京安家的野生中华"鲟女王"已经闯过了"吃饭难"这一关，开始在潜水员的喂养下正常进食了。这一重大喜讯引来众多游客一睹"鲟女王"的进食风采，他们看到，当潜水员拎着一桶活鲫鱼潜入水下，

"鲟女王"立即兴奋地围着潜水员转起圈来。

不过，潜水员并没有马上喂食，而是触摸"鲟女王"的吻端，让它先安静下来。之后才抓出一条鲫鱼，放到它的嘴边。潜水员的"欲擒故纵法"十分见效，只见"鲟女王"迅速将鱼吸入嘴里。吞下鲫鱼后，"鲟女王"躲到一边去细细品味。约 1 分钟后，它又回到潜水员身边，继续索要食物。"鲟女王"憨憨的神态，引得围观的游客笑声不断。

"鲟女王"一开口进食，鲟鱼馆的工作人员悬着的一颗心终于放下了。每天定时陪着它游，把准备好的食物和药物往它嘴里送。这个大胃王，经历了长期不进食的空窗期，每天能吃上 3 斤活鱼。中华鲟受伤和产卵之后 3 个月到半年不吃食的情况屡见不鲜，然而，在首次人工驯养中华鲟的海洋馆里，居然能在十几天之内把这件事解决了。此事首先震动了长江所，因为这个纪录之前还从未有人突破过呢。

接下来半年多的时间里，长江所和海洋馆密切合作。在人类的精心呵护下，"鲟女王"终于完全康复了。

饲养员在跟"鲟女王"交流时始终充满爱心和耐心，这种爱心是有感染力的，人和"鲟女王"之间就会产生互动。尤其是蔡经江，由于他在水下工作时间相对较长，渐渐地，"鲟女王"把他当成了老熟人，永远不躲他。中华鲟一般是不会浮出水面的，但是每当蔡经江给"鲟女王"喂食时，它就会浮出水面。无论他与"鲟女王"怎样亲密互动，用手抚摸它的下巴和脊背，它都毫不抗拒。在水下，蔡经江可以和"鲟女王"人鲟共舞，双方达到了亲密无间的程度。

中华鲟馆正式向游客开放了。透过展窗，游客们真实地看到了中华鲟这一古老物种。尤其是观看水下喂食展示，更让游人真切地感受到人与生物的和谐共生。从此，在海洋馆场馆的介绍中，新增了中华鲟馆的内容——

　　各位游客大家好。您现在所在的位置是海洋馆的第四大展区，国宝中华鲟馆。在这里为您展示的是我国特有的一种古老而珍贵的洄游性鱼类——中华鲟。中华鲟是一种在长江中孕育、大海里成长的神奇鱼类，是中国特有物种，属国家一级重点保护动物，许多生物学特性居世界 27 种鲟鱼之冠，被誉为"水中大熊猫"。近距离观察中华鲟，您会发现它们拥有庞大的身躯，却有着一双很小的眼睛。那它们是如何来进行捕食的呢？

　　在中华鲟头部嘴的前端，有着四根像胡须一样的触须，它们就像雷达一样，可以帮助中华鲟探测到食物。中华鲟是底栖性鱼类，喜欢在水的中下层，触须可以轻而易举在泥沙石缝中帮助中华鲟找到食物。虽然中华鲟没有牙齿，不过它们的嘴有着很强的收缩性，是依靠嘴部的收缩，将食物吸进肚子里的。

　　我们大家都知道，一般的鱼类身上都会长有鳞片，用来对鱼的身体进行保护。而中华鲟则不同，我们在它们身上并没有看到鳞片，那它们庞大的身体就没有保护了吗？原来在中华鲟身体的背部、腹部以及身体的两侧共有五排菱形的骨板，它们非常坚硬，可以很好地帮助中华鲟在大自然中保护自己，防御外敌。骨板虽然看上去是有棱角的，但是中华鲟皮肤的表面却是非常光滑的。

　　您所看到的"鲟女王"，于 2005 年 4 月来到海洋馆，通过长江水产研究所和海洋馆的共同努力，它从一开始对新环境非常陌生，到被尝试人工灌食，最终开口进食，突破了历史上零的纪录。这些，对中华鲟的迁地保护具有重要的参考价值和现实意义……

自从"鲟女王"入住国宝中华鲟馆，两年时间里，经过工作人员和专家双方的共同努力，在中华鲟驯养设施建设、活体运输、产后护理、诱导摄食、健康恢复等技术方面取得了明显的成效。

细心的读者们也许会问，随"鲟女王"来到海洋馆的那尾子二代"鲟鲟"怎么样了呀？两年后，它已从初来时的身长仅10厘米、体重不足1斤的小鱼苗，长成身长100厘米、体重10公斤的英俊少年，而且无意中当了入住海洋馆的中华鲟子二代排头兵。

第七章

喜迎满堂国宝家族

渐渐地，几名饲养员对22尾中华鲟的特征了如指掌。一个侧面就能看出是几号，熟知每一尾鱼的食量大小，哪条鱼爱吃哪种食。

"鲟女王"主动开口进食，作为唯一一家保护极危野生中华鲟的海洋馆，在全国进一步打响知名度后，胡维勇等领导班子成员开始考虑再迎进一批野生中华鲟、中华鲟幼苗和子一代、子二代。

中华鲟幼苗是野生中华鲟在长江产下的幼鱼，这些幼鱼是顺着长江游回到大海的途中，在崇明岛被拦截下来养育的，一般从五六十厘米长养起，在专业上称为野生江苗，它们缺乏在大海里生长的经历。子二代并不是野生中华鲟的后代，野生中华鲟人工孵化出来的后代叫作子一代，子一代在人工繁殖下又孵化出来的后代才叫子二代。野生中华鲟繁育的子一代要经过十几年甚至更漫长的成长过程，待性腺成熟去到长江口产卵，所以无法判断子二代中谁是它的子女。待这些子二代在海洋馆养到成熟，送到研究所去做人工繁殖，人工繁殖完成后再送回来，做产后护理。

2005年3月底，陆运第一批到馆的子二代中华鲟共14尾，体长1.86米左右的2尾，1.3米的2尾，1.2米的3尾，1.1米的2尾，1米左右的5尾。

2005年4月，陆运到馆1尾轻度受伤的野生中华鲟，空运到馆11尾小中华鲟。体长1.5米左右的2尾，其余在1米以下。

2006年5月，接收3尾轻度受伤的野生中华鲟及100余尾中华鲟幼苗。

2012年9月，中华鲟子一代夫妇和它们的100多个子女全部安全抵达海洋馆。

这两尾"功勋"中华鲟子一代夫妇，均为早前在长江中捕获的野生中华鲟进行人工繁殖后的子一代中华鲟。其中，鲟爸今年14岁，体长2.15米，体重64公斤。鲟妈今年12岁，体长2.1米，体重57公斤。长江所科研人员分别对子一代中华鲟雄鱼和雌鱼进行了催产、取精、取卵、人工授精等操作，成功繁殖出了子二代中华鲟幼苗。

两尾子一代中华鲟育后体质非常虚弱，需要较长一段时间的调养才能逐渐恢复。由于本地条件所限，长江所科研人员决定将它们运到海洋馆疗养。同时也带去它们的100多个子女，进行北纬40°左右地域的中华鲟幼苗迁地保护等相关课题探索，以期彻底扭转中华鲟幼苗存活地域限制的局面。

2012年10月，在海洋馆建馆13周年之际，正式向游客展出了包括"鲟女王"在内的总计5尾野生中华鲟、2尾子一代、200余尾子二代组成的国宝家族。胡维勇兴奋地向来宾宣布："可以骄傲地说，目前海洋馆所护养的中华鲟谱系是最完整的。即野生中华鲟是祖父母辈，子一代是父母辈，子二代是子孙辈，可谓三世同堂。让我们共同祝福国宝中华鲟家族在海洋馆能够健康快乐地成长！"

在中华鲟家族来到北京后，海洋馆的工作人员就为它们每个成员建立了单独的生活档案，每天都由专业养殖人员观察并记录它们的行为，比如泳姿、游速、游泳路线等，从而分析每条中华鲟的性格和喜好。由蔡经江和另一名经验丰富的专业人员全天照顾它们的饮食起居，目的是为了让这些中华鲟能够亲近人类，为日后人工驯养进行铺垫。

随着中华鲟国宝家族的组成，鲟鱼馆的工作人员队伍也在不断壮大，护理员王彦鹏、饲养员贺萌萌、养殖工程师张艳珍3位 "80后" 先后加盟。他们在杨道明和蔡经江的带领和指导下，很快熟悉了对中华鲟的饲养和护理业务。

鲟鱼馆为每一尾中华鲟编了号，以便按需喂养和护理。每到喂食那天，从早晨开始，中华鲟们的游速就会发生明显变化，还会频繁地游到饲养员经常喂食的地点，尽管那里什么标识都没有。饲养员刚一下水，它们就都蜂拥着游过来索食。食桶被送下水后，又会去疯狂地吸那些食桶。食桶里装着放好的混合饵料，饲养员逐个对它们进行喂送。并不是对每条都进行塞喂，只是塞喂那些体质较弱或进食不够主动的中华鲟。水下喂食属高危工作，饲养员要全副武装穿好防护服，戴上面镜和头盔。

第一年给中华鲟喂食的频率，跟荆州基地一样，也是每天喂，主要是为了把中华鲟育肥养大，然后做人工繁殖。但是，常用的各种饵料散在水里后，一是饵料的利用率比较低，二是特别容易造成水浑。

因为要面向游客展示，海洋馆对水的清澈度有很高的要求。后来杨道明等人做了一个实验，通过经常测量与每一尾中华鲟的生长相关的指标，来确定它是不是必须得每天喂，能不能隔天或者隔一两天喂一次。后来的实验结果表明，中间隔了一天喂食，鲟鱼们的身体生长速度和营养水平不仅没受到影响，反倒对它们的成长更好一些。因为野生中华鲟是大自然的产物，在自然界里它也不是每天都能吃到食物的，所以后来就把喂食的时间定在了每周二、四、六。

游客来到中华鲟馆，除了要看国宝，更是为看饲养员如何喂中华鲟。这天，是王彦鹏在水下喂鱼。只见他先温柔地抚摸一下每一尾中华鲟的脊背，然后从桶里拿出饵料，从它们的下巴处送入口中。

"妈妈，是不是有多少个桶就有多少条鱼呀？"一个小男孩儿看出了门道。

"小朋友，你说对啦！真聪明！"小男孩儿的话恰巧被一旁观察中华鲟进食的张艳珍听到了，亲切地夸赞道。

身为养殖工程师的张艳珍同时承担着中华鲟医生的职责，所以，每次饲养员给鲟鱼喂食的时候，她都要在展缸外观察。发现有哪条鱼在吃食过程当中有了异常便马上记录下来，同时用手中的激光笔照一下那条鱼，提醒水中的饲养员在喂食中注意它的状况。

与在自然环境养殖鱼类的重要差别在于，海洋馆无法更换天然湖水，必须要先过滤养水。因为鱼是靠鳃部呼吸，鳃一旦出了问题鱼就会有生命危险。有道是好水养好鱼，所有的操作首先要考虑的是如何维护好水，并确定清洁周期。一眼看上去很透亮的水不一定就干净。比如池子底下的沙子必须要经常做清洁，因为中华鲟是靠口膜的伸缩，像吸尘器一样吸入水底食物，一口下去就有可能把沙子里面的脏东西吸入进去。所以,工作人员要定期清洁水底的沙子。

为此,杨道明还想出了一个土办法来确定沙子的干净程度。先用泵把一部分沙子吸出来,去称一下里面积攒的脏东西。如果量很多的话,就证明水已经很脏了需要更换。但如果量特别少,就说明水还很干净,可以再使用一段时间。办法虽土但检测的方式很科学,有对水进行化验的各种指标纯数据统计。根据统计的指标数据,再对这种环境下鱼的健康养护以及投喂量进行调整。换水不是一次性进行,而是把池子里的水每天换掉一部分。这样 1 个月下来全池子的水就可以换个遍,以保持水的清澈度,同时又保证中华鲟的健康不受影响。

多年的经验,让杨道明逐渐摸索出了一个规律,他发现其实每一条中华鲟都有它自己固定的活动区域和泳层。越是个体大的鱼,分布的泳层范围会越广,便有了一个主导的行为,即它可以在这个池子里任意游。而且如果它固定在哪个区域游动的话,基本上不会再变。凡是身长 2.5 米以上的鱼基本上都有它的固定路线和区域。反倒是小鱼,可能因为大鱼已经占地为王而没有自己固定的领地,于是或跟在某条大鱼的后面,或穿插到它们的缝中去游。

从专业层面上讲,鲟鱼馆的所有工作都是综合的,包括饲养、驯养和护理,每个工作人员都被要求熟练操作。不仅要熟悉每一尾中华鲟,还要准确把握它们各自喜爱吃什么、食量多少等。渐渐地,几名饲养员对展示缸内 22 尾中华鲟的特征了如指掌。一个侧面就能看出是几号,熟知每一尾鱼的食量大小,哪条鱼喜爱吃哪种食。后来越做越细,每条鱼都有专门的食桶,每次依据食桶上的编号去喂相应的中华鲟。

在具体分工上,根据每名工作人员的特长又有所区别。新旧更替也是自然规律,原先一名经验丰富的工作人员离职后,蔡经江的责任一下子重了起来,他先后带出了王彦鹏和贺萌萌,3 人轮换着进行水下喂食。如果他们当中谁不舒服了或者休假，张艳珍也可以进行水下作业。后期，王彦鹏因为表现出色升任淡水鱼养殖主管，工作安排等各方面都是由他统一调配。张艳珍作为中华鲟的护理专家和主治医生，主要是根据中华鲟的行为判断和观察鱼况，对每一条鱼的身体状况随时做记录，依照鲟鱼们的健康状况甄别出是健康、亚健康还是患了某种疾病。依据不同的状况，与杨道明和王彦鹏商量下一步的饲养与治疗方案。

只要有中华鲟初到海洋馆，蔡经江和贺萌萌都要每天下水陪游一至两个月。一直到它们完全放弃对人的戒备心，甚至把潜水员当成了同类，接下来才有可能去给它们做体检和灌食，直到它们主动索食。在仅18℃的冷水中，每天要工作一至两个小时。用杨道明的话讲，如果没有爱心，只是把它当作一个工作、一项科研或日常业务的话，是根本做不好也坚持不下来的。他们是用情在守护，用心在陪伴，直至把每一尾中华鲟都当作了自己的家人。

第八章

"鲟女王"之死

在"鲟女王"弥留之际，与它一起进馆的那条子二代"鲟鲟"好像预感到先辈要走，一次次地游到"鲟女王"的身边，似乎是渴望"鲟女王"能够如往常一样带着它一起游。

2013 年 4 月的一天，长江所的专家和海洋馆的工作人员对"鲟女王"和编号为 19 和 35 的两尾野生中华鲟进行体检，合格的将被第二批放归长江。19 号和 35 号野生中华鲟经体检各项指标良好，专家和工作人员又对它们进行了为期两周的观察。经过比较，它们的体表伤势恢复情况、游动的姿态、摄食的主动性和食量等均为良好，初步认定适合本次放归。而在鲟鱼馆居住时间最长的"鲟女王"由于年事已高落选。

据专家保守估计，37 岁的"鲟女王"，按照鱼的生物年龄已是九十高龄，若将它放归长江会面临诸多风险。相比较，留它在海洋馆做展示和科普，比放归长江的意义更为重大，因此准备将其留下做进一步科学研究。

中华鲟的突出特征是，当它进化到一定程度的时候，身体机能各方面耐受度会特别强，所以才能成为地球上唯一有着 1.5 亿年历史的古老生物。但是，杨道明也清楚，如同人类患了癌症一样，有些体质较弱的人在癌症一期的时候，他的外表体征就出现了异常，如精神不振、茶饭不思等等，可是有些身体素质特别强壮的人，一期二期都没有感觉，直到三期才感觉有些不舒服，及至四期时才发现自己生了病，再治疗，但是为时已晚。

中华鲟也属于这类情况，除非受伤和初到海洋馆时不适应会出现拒食等症状，在正常情况下，它的一般症状是不容易被察觉的。所以，对每一尾中华鲟的日常状况，包括它今天吃了多少东西、拉了几次大便、呼吸的频次、摆尾的次数等都要细致观察和记录，配合体检与医疗。所以，杨道明经常告诫鲟鱼馆每一名工作人员：我们养护中华鲟要像抚育孩子一样，把它从小抱在怀里，时刻注意观察它们的每一个细节，丝毫不能掉以轻心。一些每天在做的看似很平常的事情，其实都至关重要。因为只有从那些微观的状态中，才能够找到某一尾中华鲟哪里出现异常，开始重点关注，避免一旦出现问题的时候来不及救治。

从 2013 年下半年开始，已经在海洋馆生活了 8 年的"鲟女王"病了。当时海洋馆转运来一批小鲟鱼，因为移鱼时带进来的水里有病菌，有几尾中华鲟感染了分枝杆菌。分枝杆菌主要是通过呼吸道、消化道的皮肤黏膜损伤进入机体，引起肺脏或其他脏器病变，相当于人的肺结核。如果治疗不及时的话，会导致满池子的鲟鱼都受到传染。

"鲟女王"不幸也染上了这种病，症状先是身上长脓包，然后开始溃烂，以致不进食了。经过一段时间的治疗，"鲟女王"的症状渐渐有所缓解，但还是不肯吃东西。无奈之下，饲养员只好用大鱿鱼装上混合饵料给它塞喂。

根据包括"鲟女王"在内的其他几尾中华鲟的病情，杨道明和张艳珍去北京的一些大医院，了解人在患有这种分枝杆菌的传染病症时如何治疗，适合用哪些药物。回来后开始做提取和实验，然后对症下药给患病的中华鲟做治疗。渐渐地，"鲟女王"身上的脓包一点点好起来。但是与其他中华鲟相比，它的病情延续时间特别长，一年多之后症状才彻底消失。因为还是不肯吃食，饲养员继续给它塞喂。塞喂的量基本上是按照它的正常体重，该吃多少就给它喂多少，以保证它的营养均衡。结果不久，奇迹出现了！

因为后期"鲟女王"的营养不仅达到而且超过了一定程度，多余的能量导致"鲟女王"的身体厚积薄发，居然出现了久违的性腺发育状况。因为动物的本能是繁殖，张艳珍以她善良的愿望猜想，也许"鲟女王"也预料到它生命到了最末端，想最后做一次贡献吧？性腺再次发育起来之后，"鲟女王"二度经历曾经的发育过程。雌性中华鲟一般发育为四期，"鲟女王"在到达三期的初期时，身体的各种机能和免疫力，如同怀孕的女人一样普遍开始下降。呼吸、游速也在变化，在吃食方面也像有些孕妇那样，出现有的时候不吃，有的时候又狂吃的情况。

正常的雌性中华鲟在发育的时候一般是停食的状态。但是"鲟女王"不同，有几天吃得很多，过了几天又突然间停食了。这么断断续续持续了一年左右，最终，"鲟女王"的发育期又过去了。究其原因，通过体检发现，由于年龄偏大，它的心脏心动频次过缓，肝脏也出现钙化，一切都向着趋老的方向发展，完全丧失了繁殖新生命的能力。

之后一段时间里，"鲟女王"的身体没有出现过大的病症。有时消化道偶尔会出现轻度感染，有时呼吸过快，实际都是老年中华鲟身体机能开始逐渐下滑的表现。针对"鲟女王"的各种老年退行性病变，张艳珍为它做了一个又一个医疗方案，王彦鹏、蔡经江和贺萌萌每天替换着在水下给它做护理和塞喂。对"鲟女王"的每个观察、治疗和护理的过程都是一个节点，相当于对住院病人的观察、治疗和护理。一段时间的治疗之后，再去观察它的变化，看是否达到了预期的治疗效果。如果不尽如人意，便继续调整治疗方案。

尽管如此，"鲟女王"的体质依然每况愈下。尤其是进入2014年下半年之后，它再也不能主动进食了，吸收也越来越差。在这种情况下，饲养员一直持续给它塞喂。同时为它前期补充维生素和钙元素的营养，后期又为它补充葡萄糖、微量元素、软骨鱼专用的软骨素等。

其实，"鲟女王"当时已经进入一个缓慢的衰竭过程。再到后来，饲养员给它塞喂的食物，它已经消化不了了。好不容易喂到胃里的食物，常常会被它吐出来。这种情况又持续了1个多月，"鲟女王"的呼吸进一步加快，然后又渐渐开始变慢了。随着呼吸的日渐缓慢，它的体力到达了极限，已经游不动了，整日趴在水底一动不动。即使给它注射能量针，也已经无济于事。张艳珍每天都要为"鲟女王"进行药物的准备、特殊营养料的制作、全天的观察记录和两次下水护理。整个医疗期间，她备感生命的无奈与脆弱，也切身感受到了自己的责任与压力。

鲟鱼馆的工作人员眼睁睁地看着"鲟女王"不再游动，相当于老年人的卧床不起，生命开始进入倒计时，但却爱莫能助。在"鲟女王"弥留之际，与它一起进馆的那条子二代"鲟鲟"好像预感到先辈要走，一次次地游到"鲟女王"的身边，似乎是渴望"鲟女王"能够如往常一样带着它一起游。但是，看到它总是趴在水底一动不动，"鲟鲟"只得一次次悻悻离开。

2014年9月初，"鲟女王"自然死亡，卒年38岁，按照鱼的生物年龄已是95岁，相当于人的鲐背之年。从2005年4月来到海洋馆，"鲟女王"在这里生活了9年零5个月。在8年多的时间里，由于体质的原因，它的性腺一直未能发育。尽管最后一个年头性腺奇迹般恢复发育，奈何年老体衰，最终没能实现回归长江产卵孵化的夙愿。

得知"鲟女王"去世的消息，张艳珍的导师、长江所中华鲟课题组首席研究员危起伟说：能够让曾经受过重伤的"鲟女王"延续了这么长时间的生命，已经是个奇迹了。

就在"鲟女王"离世当天，一尾生命垂危生病的小鲟鱼，在多数人都认为已经无力回天的情况下，经过张艳珍的精心治疗，竟然奇迹般被抢救了回来。这也给当时因为"鲟女王"去世备感伤心的张艳珍和她的同事们以很大的安慰，冥冥之中有一种"鲟女王"的生命得到延续的感觉。

因为"鲟女王"属于正常死亡，专家没有对它进行解剖。在平日为它做例行体检的时候，已经了解了它的各项机能在下降。在它临近死亡的那段时间，无论是心脏还是肝脏、肾脏以及内分泌和呼吸系统等器官都处于衰老状态，同时伴随一些轻微的感染，所以才导致抵抗力越来越弱，最终走到了生命的尽头。

第九章

从"后福"到"厚福"

鲟鱼馆的工作人员为"后福"改了一个全新的名字——"厚福",取"厚德载福"之意,也代表在海洋馆工作人员的细心关爱中,"厚福"今后能够更好更健康地成长。

自海洋馆 2005 年接手救治"鲟女王"至 2020 年的 15 年间,鲟鱼馆展缸里先后展示过 86 尾中华鲟,并按照来馆的先后顺序,为每一尾中华鲟编了号码以示区别。富有戏剧性的是,"后福"恰好是 66 号。不仅如此,它还是继"鲟女王"之后,迄今唯一一尾既有编号又有名字的中华鲟。

按杨道明的话说,66 号的确是有"后福"。历来野生中华鲟的救治从未如此迅速,被误捕后五六个小时就得到了长江所的救治。来到海洋馆后主动进食的时间是最快的，仅仅塞喂了 1 周，而其他的野生中华鲟都是经历了几个月的时间才肯主动进食。

如果问起中华鲟们谁最配合驯养，鲟鱼馆的工作人员几乎会异口同声地回答："后福！"

蔡经江眼中的"后福""温柔而稳重"。这种特点缘于它的体形大，不像体形小的鱼对工作人员的行为容易表现出敏感和紧张。因为中华鲟在刚开始接触人类的时候是警惕甚至有些抗拒的，但是相处久了之后，便慢慢开始与人亲近。再后来，你可以随意接近它，抚摸它，和它一起游动。"后福"便是最亲人的一尾中华鲟，尤其在它主动进食后，食量也是每次一点点加上去，从最开始的每顿一两百克增加至 1 公斤左右。3 个多月以后，随着它体质的慢慢恢复，逐步加到了标准量的 1 至 2 公斤。由于"后福"配合得好，到 2016 年的 4 月份，食量基本上已经是稳定的状态了。从 2015 年 11 月来到海洋馆，不到半年的时间，"后福"的身体状况基本得到了恢复。到 2016 年底，体重增加了 20 多公斤。

在近百尾中华鲟中，贺萌萌对"后福"的评价是"乖乖的""憨憨的"，在鲟鱼里面性格算是最好的了。初到海洋馆为它疗伤时，由于没有过多的应激反应，在为它做针剂注射和体表检查时都很温顺。无论刚进馆时为它做医疗还是塞喂，乃至后来的驯养，它都特别配合，从来没有任何挣扎或者抗拒。

作为鲟鱼医生，张艳珍发现"后福"刚被运送到海洋馆时，在岸上看上去体形很大，但是一放到池子里之后就发现，它的背部肌肉条和腹部都很瘦。因为有一年多没有进过食了，当时的体重仅 220 公斤。张艳珍与同事们一道，每天陪"后福"做护理训练，开始给它做塞喂补充营养，并注射一些能量去补充它的体力。到 2016 年的 4 月份左右，

"后福"基本上已达到稳定的状态了。

如果再问鲟鱼馆工作人员，养护过的中华鲟中谁最引人注目？还会得到同样的回答："后福！"在现在展缸里的21尾中华鲟中，王彦鹏会告诉游客如何一眼就找出"后福"。

首先，因其体形巨大，"后福"给人以先入为主的感觉是震撼。估计是野生中华鲟在长江中受到水流的冲击，它的身长包括整个体形的匀称、体态的优美和伸展程度，是其他人工繁殖的中华鲟无法企及的。"后福"的每个鱼鳍大而完整，体色不像有些中华鲟那样黑灰杂糅，而是界限分明，层次感超强。腹部雪白，侧骨板以上开始呈青灰色。

中华鲟全身共有五排骨板，背骨板一行12至14枚，左右侧骨板各一行，26至42枚，腹部两行副骨板各10至15枚，形状宛如一个个心形图案。"后福"腹部的两排副骨板各15枚，比其他中华鲟大得多的一颗颗"心"尤其夺人眼球，远观又像极了舰船上一扇扇舷窗。

中华鲟从幼鱼长到成鱼之后，要在海里生存很长的时间，待它性腺发育成熟了，又回到娘家产卵再洄游过来，这是它的生活习性。这也是后来海洋馆的所有相关人员对中华鲟一边养护一边研究才逐渐理解的。最初，对于受过伤的野生中华鲟，包括胡维勇本人在内，海洋馆的所有相关人员并没有奢望它们能再次性腺成熟产卵，进行人工繁育，只在心中期盼着它们健康生长就好。结果，一拨又一拨地将调养好的野生中华鲟放生，期盼着它们在长江母亲河的自然环境中能够传宗接代。

当初专家们为66号中华鲟起名"后福"，也是希望它能在人们的呵护下快快康复。在鲟鱼馆全体工作人员的精心呵护和驯化下，"后福"重新燃起生存欲望，从开始主动地进食，到体能一天天恢复，身体

也再度成长。2019 年，"后福"的性腺再一次发育。体重从刚来的 220
公斤增加到了 280 公斤，身长也达到了 3.56 米。

当得知这一天大的喜讯后，海洋馆内群情沸腾，水中欢快的鱼儿
和岸上狂喜的人们交汇成欢乐的海洋。激动之余，鲟鱼馆的工作人员
为"后福"改了一个全新的名字——"厚福"，取"厚德载福"之意，
也代表在海洋馆工作人员的细心关爱中，"厚福"今后能够更好更健康
地成长。

在鲟鱼馆全体人员为"厚福"再次有机会传宗接代而欢欣的同时，
有一个问题是最让杨道明担心的，即"厚福"的性腺发育和退化的过
程。因为之前它已经历过这样的过程，性腺发育会导致体重暴增，而
且如果它没办法自然排卵，腹中的鱼卵就会再次消耗和吸收，这对母
体中华鲟来说实际上是一种伤害和负担。对此，危起伟也曾经不无忧
虑地说："野生中华鲟在全人工的环境里能再一次性成熟，再一次产卵
繁育，这在整个中华鲟家族里还没有一条鱼能做到。"

危起伟和杨道明之所以有这样的担心和忧虑，是因为之前有过先
例。1999 年后，长江所的科研人员找到了新的方法。给中华鲟注射人
工催产剂，让它在"效果时间"内自己产卵。海洋馆养护的子一代，从
1998 年至 2003 年，几乎每年秋季都会有两三尾或三四尾母体中华鲟性
腺成熟，能明显看出它们的肚子是孕卵的。2017 年 10 月，长江所的专
家们来到海洋馆，对两尾子二代中华鲟做了一次人工催产繁育，获得
受精卵共计 20 万枚。由于馆里没有能养育小鱼苗的设备，只好把受精
卵送到长江所。遗憾的是，最终没能孵化出幼苗。虽然第一次尝试没
有成功，但获得了受精卵，证明在海洋馆里是可以做中华鲟人工繁殖
的。这让危起伟、胡维勇和杨道明等人看到了希望。

中 篇

人与中华鲟

第十章

杨道明"食言"

　　杨道明答应签两年合同，做到海洋馆开业，于 1997 年 4 月来
到了北京。结果，他"食言"了。从挖地基开始参与到海洋馆的建
设中，一干就是 23 年，一直做到了今天。

　　说起第一个深入接触海洋馆的华人，恐怕非杨道明莫属了。"60
后"的他生于中国台湾，80 年代末曾经在美国接受过正统的海洋馆培
训。1991 年，台湾海洋生物博物馆开始筹备，杨道明机缘巧合地参加
了这个项目。4 年之后，早于台湾海洋馆一年筹备的北京海洋馆开始立
项了。海洋馆当时的董事长是美籍华人，他找到杨道明，邀请有这方
面专长的他一起做这个项目。因为当时海洋馆这个项目在台湾地区炒
得很热，自己又是创始人之一，本来杨道明是不打算来北京的。但是

当时这位董事长的一句话打动了他——

"以我目前的经济实力，其实做什么都可以，为什么偏偏要做海洋馆项目？因为这是我的一个心愿，我要做一件让全世界瞩目、身为中国人感到无比骄傲的事，即亚洲最大，世界第二！"（当时排名前两位的分别是美国的圣地亚哥海洋世界和日本的大阪海游馆。）

于是，杨道明答应签两年合同，做到海洋馆开业，于 1997 年 4 月来到了北京。结果，他"食言"了。从挖地基开始参与到海洋馆的建设中，一干就是 23 年，一直做到了今天。

1999 年，海洋馆在新中国成立 50 周年大庆之日正式开业。当时，全国的海洋馆加起来大概有 20 家左右。第二年杨道明去参加一个小规模的水族馆会议，当时与会者很多人称呼他为校长，或者老师和师父。因为他的学识和经验，之前带过很多学员，培训了一批年轻的专业人员，这些人后来纷纷留在了各地的海洋馆。可以说，当时全国 20 家海洋馆的主要技术骨干，有将近 1/3 是他一手带出来的。

从年轻的时候起，杨道明从来没有把赚钱作为首要目标。越过海峡来到海洋馆创业，是因为本身具有一技之长。举止斯文、言谈淡定的他始终把自己定位为技术型人员，自称不是一个有野心的人。他的目标其实很简单，即能自己吃饱饭，把家养好，真正去做好一件事。

2004 年 12 月，海洋馆要引进中华鲟的时候，其实最大的反对者是杨道明。在接到长江所的信息后，胡维勇首先征询杨道明的意见，结果他的态度是坚决反对。杨道明有几个考虑：第一，之前从未接触过中华鲟。第二，17 年前，国内有海洋馆曾经尝试过饲养中华鲟，但是迄今为止没有养活过一条。何况现在要救护的，又是专家都担心养不活的受伤的野生中华鲟。第三，如果接手这件事，负主要责任的肯定是他，一向自信的杨道明对自己在这方面的能力实在不敢确定。以他个人的观念，凡事应该实事求是，能做到的就去做，做不到就不要硬来。由于他的反对，引进中华鲟的事情便暂时搁置了。

半个月后，胡维勇又一次与杨道明商议此事，他还是不同意，坚持说：如果引进受伤的中华鲟，它的生命安全我保证不了。于是，胡维勇便拉上他去荆州实地考察。看到那尾中华"鲟女王"，当时杨道明就被震撼到了。如果像普通的养鱼人隔着鱼缸去看鱼，你不会觉得有什么大不了的。可是，当杨道明从鲟鱼池上方俯视带伤的中华"鲟女王"游弋的身姿，一下子便勾起了他的悲悯之情，但是心中仍然没有底。

于是，胡维勇多次召集骨干会议，如前所述反复强调抢救国宝中华鲟的现实意义。杨道明终于鼓足勇气说了句：那就跟做实验一样，我可以尝试不同的技术手段，但是没有任何把握，只能赌上一把了！

在 2003 年，杨道明协助胡维勇建立了一个以研究为主的科技委员会。因为杨道明踏入这个行业比较早，所以不管是跟同行，还是跟国内的专家学者、研究院所都比较熟悉。从那时起，他已经牵线海洋馆和中科院自动化研究所合作，做了一些不是很大的项目。到 2005 年，两年的时间中已经完成了 100 多篇论文。

杨道明当时的想法是，海洋馆的技术人员不能只做一名单纯的企业员工，而是希望他们无论在现在还是未来，都能潜心做一些研究。因为一个企业，尤其像海洋馆这样的旅游企业，内部需要大量的技术来支撑。与其到外面临时去请专家学者，不如从自己的基础人员中打造技术人才和骨干。这样，海洋馆才有未来，才有无限的生命力，不断将这项事业运作和滚动起来。

从成立科技委员会开始，胡维勇每年都要拨 10 至 20 万元科研经费支持杨道明和技术人员做研究。因为有了这个基础，杨道明对引进中华鲟才有了底气。虽然他嘴上说的是要赌一把，实际上绝不是很盲目冲动地去赌去博，而是有一套完整的救护、饲养方案和预案，并且做了三四套，有了八成的把握。他调动所有技术人员，将所做的预案全部投入到了引进中华鲟的工程当中。

2005 年 4 月初，"鲟女王"引进工程正式启动。这也是海洋馆建馆以来所做的唯一一个全员参与的项目，包含市场部、工程部还有餐饮部。尤其是对平日里默默无闻的餐饮部，杨道明至今充满感激之情。

因为北京的车辆管制，运输车只能在凌晨进京。加之长途运输连续十几个小时，一行人员又冷又饿又困。当杨道明等人将"鲟女王"护运进海洋馆之后，餐饮部已经为他们准备好了早点和热汤。喝上一口热气腾腾的汤，一股暖流涌遍全身，运输队人员顿感乏劲儿一下子消减了很多。

"鲟女王"于 4 月 3 日到馆之后，杨道明率技术人员所做的所有预案都起了作用。预案包括：第一，"鲟女王"的外伤如何处理，体力衰竭怎么办，如何注射以及具体部位，包括为中华鲟做手术、静脉点滴注射等当时都做了预案——如果在水中不能进行静脉注射，只有把"鲟女王"打捞上岸，在担架上给它做静脉注射。第二，如果"鲟女王"不肯吃东西怎么办？光塞喂就定了好几个预案，其中第一个办法是用手塞喂，不行就启动第二个预案：强制塞食。第三，多层预案。即假设遇到的第一个坎过不去的话，就上第二个、第三个，直到穷尽为止。最后一个也是最消极的预案是，一切招数用尽还是无力回天，只能任其死亡。

说杨道明是鲟鱼馆全体工作人员的主心骨毫不夸张。从当初分三步走为鲨鱼搬家，给"鲟女王"让位，到用软管塞喂不肯吃食的"鲟女王"，把能收集的食物准备 27 种让"鲟女王"逐一尝试等方法，无一不是饲养员在杨道明的指导和参与下完成的。结果，随着经验的逐步积累，海洋馆科技委员会在中华鲟养护技术方面越做越深，越做越专，越做越细，形成了一套行之有效的科学模式。

唯一不在预案设计中的是做混合式饵料。后期，根据中华鲟属于半滤食性鱼种，食物到它嘴里之后能过滤去做筛选的特点，杨道明又和技术人员一道对饵料从营养、口感、味道各方面去研究，将人工饲料再补以生鲜类，尝试做出混合式饵料。因为"鲟女王"的有效进食度太低，所以用了大概两年多时间，才真正开始接受为它配制的混合式饵料。

杨道明认为，只有在与中华鲟密切接触之后，它的行为举止才会深深植根在你的脑海中。海洋馆每年要对"鲟女王"做两至三次体检，根据它的成长曲线测出摄食的营养源是否完整。中华鲟的粪便呈半液体半固体状，排泄之后很快就会被水流冲散，所以他要求护理员在对"鲟女王"进行粪便取样时，要第一时间跟在它后面，随排泄随取。而以上所做的一切，都需要对"鲟女王"细致入微的观察。鱼类养殖是重复、简单甚至无聊的工作，劳动强度又大，再加上喂养中华鲟又属于高危职业，没有发自内心的热爱和坚持是很难做好的。

虽然海洋馆的鲟鱼池很大，但因为是封闭式的，对于体形巨大的中华鲟来说，一旦性腺发育后，再大也会容不下它。尤其是一表现出焦躁和焦虑，它的游速会大大加快，甚至四处冲撞去寻死。这样的过程每经历一次，就会看到它的状态很明显又下滑一个阶段。海洋馆的环境又好，一般中华鲟在自然界大概 5 至 8 年才会性腺发育成熟一次，而在鲟鱼馆三四年就会发育一次。未雨绸缪，杨道明还要设计母体中华鲟一旦性腺发育后如何护理的预案。

养护中华鲟 16 年来，真正感召杨道明的是一种中华鲟精神。为了生存和延续后代，中华鲟一直在顽强地不断重复着它的历史使命。从已经逝去的"鲟女王"到现在的"厚福"，杨道明对于中华鲟的感情，已经达到设身处地去感受对方情怀的程度：假设我是一尾中华鲟，将会看到什么？将面对的是什么？接触到的是什么？在人生的逆流中遇到过不去的坎时，我能否像它一样去坚持和坚守？中华鲟不会开口与人交流，上述一切说不清道不明，但是那种精神和情结，杨道明却能深切地感受到。因为它不是那种教条式的标语口号，却又是最能打动人的。

和中华鲟接触久了，人与中华鲟之间会不知不觉产生一种气场。虽说养护中华鲟属于高危职业，尤其是比较刚性一点的中华鲟，尾巴一甩就会把人甩出好远，如果被它张开后如脸盆般大的口膜嗛上一口，胳膊或小腿上立时就是一块瘀青，但是，时间久了，中华鲟会渐渐感受到护理员和饲养员对它们的诚意和友好。

在这方面，杨道明认为蔡经江和贺萌萌两位饲养员更有发言权。尤其是已经有了 15 年养护中华鲟经验的蔡经江，居然能从中华鲟目光如豆的眼神中看出它的诉求。对此，杨道明认为一点都不玄幻。他以人为例说：假如我太太今天心情不好，就算是在笑，我也能感觉到她是强装硬挤出来的。和中华鲟相处久了也是一样，只要它有某些异常，你就会立刻感受得到。

从一开始对引进中华鲟项目的反对，到立志把中华鲟这个国宝级的生物养护好，再到逐步摸索直至今天的成功，杨道明都是百分之二百地投入。以前，他的观念很单纯：老板要赚钱，那我就帮你去赚得盆满钵满；老板想把一件事情做好，那我就帮你把这件事情做到极致。但是，现在他是真正把保护濒危动物中华鲟当作自己的一项使命在完成。同时他又是部门员工的定海神针，对他们进行既专一又全方位的培养，给他们充分发挥作用的平台。并让这些平台成为阶梯，帮助他们一步步提升，直至成为真正的行家。

杨道明的父亲过世后，母亲和姐姐很早就定居美国了，台湾地区只有一个哥哥。所以，除去对亲人们的思念，他能够没有后顾之忧地专心做好保护中华鲟这件事，并且希望认识他的人都能理解他在做一件有意义的事，这也是当初他携太太和孩子来大陆的初衷。他特别能理解运动员的心态，即超越极限奋力拼搏就是为了最后一刹那的成功。从这个角度说，他由衷地认为自己此生没有任何遗憾了。

谈到在大陆多年的坚守，杨道明发自内心地感谢自己的太太陈素娥。陈素娥在台湾地区已有 5 年幼儿教育的相关职业经验。1997 年，杨道明和陈素娥夫妇带着刚满周岁的女儿一起来到北京。杨道明与海洋馆最早只签约两年，在那两年里，他忙于海洋馆的筹建，陈素娥在家抚育女儿。

海洋馆建成后，新到任的总经理胡维勇又邀请杨道明继续留下来，合力打造亚洲一流的海洋馆。杨道明与陈素娥商量，夫妻二人达成了默契。陈素娥对丈夫说：你安心做自己喜欢的事吧，把女儿全交给我好了。

有着在台湾地区从事 5 年幼儿教育经验的陈素娥，对如何教育女儿可谓驾轻就熟。她认为，孩子在 3 至 6 岁这个阶段非常关键，这时候把孩子很多基础能力培养起来，以后大人就会省去很多烦恼。于是，她通过游戏化的方式，培养女儿的观察力、专注力、记忆力、学习力、逻辑思维、情绪表达、想象创造等多方面的综合能力。一路有妈妈陪伴快乐成长的女儿大学毕业后，女承母业，在北京一家幼儿教育机构担任培训师。

说起陈素娥的厨艺，胡维勇等人都连连称道。因为好客的杨道明时常会把同事们请到家里来，由太太为众人奉上珍珠丸子、八宝鸭、肉苁蓉红烧鸡、海参蹄筋等拿手好菜。

2019 年，杨道明、陈素娥夫妇迎来了银婚纪念日。

第十一章

"鱼爸爸"王彦鹏

看着3条子二代又像往常一样，在换了水的小池子里欢快地游
来游去，王彦鹏悬着的一颗心终于放下了。因为同时挽回了3尾鲟
宝宝的生命，从此，同事们送给他一个绰号"鱼爸爸"。

水族部鲟鱼组主管王彦鹏于2006年入职海洋馆，学动物医学专业
的他因为对鱼的养殖只学过一些理论知识，一开始很想驯养哺乳动物。
分配到鲟鱼馆后，他设想过工作的难度，但是没想到现实中的难度比
自己预想的要大得多。

不会游泳的他，却要一步到位潜水给中华鲟喂食。王彦鹏一心想
着赶紧适应水下的工作，千万不能掉链子。于是，他白天给中华鲟做
饵料，下班后在海洋剧院的表演池里学习潜水。经过1周的刻苦训练，

加上蔡经江的具体指导，王彦鹏先过了对号识鱼这一关，然后披挂上阵下水喂鱼了。

最初在水中，王彦鹏的身子摇摇晃晃的有些不听使唤。再加上鲟鱼们跟他还不熟，刚要把食物送到某条鱼的嘴边，它却摇头摆尾地溜了。于是，王彦鹏采用蔡经江的喂食办法，先抚摸一下鱼的脊背。因为是全副武装，鱼儿们误以为是老熟人，终于配合他开口进食了。用王彦鹏自己的话说，脱离本专业所从事的工作，一切都是到海洋馆之后一点一滴学会并掌握的。

在 18℃ 的水下作业一两个小时，王彦鹏感觉兴奋开心战胜了寒冷。他先用手拍一拍喂食场的沙子，鱼儿们就纷纷奔着他游过来，每当这时他都感觉特别亲切，内心暖暖的。唯独一次让他真正感觉到了一把冷。

鲟鱼馆除了展缸之外，还有一个专门养育子二代的小池子。某日，张艳珍发现有 3 条子二代状况异常。检查后发现是水质出现了问题，临时把它们挪到了展缸里进行抢救。下午 3 点多，王彦鹏下水观察那 3 条子二代，发现它们全都趴在水底不动。鱼如果不游动，整个呼吸就会变得非常快，时间长了可能会导致缺氧。所以，必须一条一条分别带着它们游，让鱼儿先放松下来，然后再恢复自主游动。

当日和王彦鹏一起在班的只有两名新员工，还没有学会水下操作。于是，3 条子二代由他一人轮换着带游，一直抢救到夜里 11 点。终于，鱼儿们慢慢缓过来了。带游的时候因为注意力一直集中在 3 条子二代身上，王彦鹏没什么特别的感觉。待鱼儿们自主游动后，他便开始控制不住地发抖，甚至有一种失温的感觉。当天晚上他没回家，一直看着那几条病鱼。到了下半夜，感觉鱼已经没什么问题了，又累又困的他想躺下眯一会儿。于是，找了几把椅子一拼便和衣躺下了。

睡到将近凌晨，王彦鹏被冻醒了。他感觉身体的整副骨节都已发僵，从里往外散发着寒气。这种感觉持续了好几个小时之后才逐渐缓过来。看着3条子二代又像往常一样，在换了水的小池子里欢快地游来游去，王彦鹏悬着的一颗心终于放下了。因为同时挽回了3尾鲟宝宝的生命，从此，同事们送给他一个绰号——"鱼爸爸"。

2015年11月14日下午两三点钟，海洋馆接到上级通知，说第二天要护送野生中华鲟"厚福"来京，需要鲟鱼馆去一个人全程跟车对"厚福"进行监控和照顾。杨道明当即决定派主管王彦鹏担当此任前往湖北。

王彦鹏深知此项任务的重要和艰巨。由于环境污染、人为滥捕等多种原因，长江所已经有好几年没有监测到野生中华鲟了。终于出现了这么一尾中华鲟，虽然是受伤获救的，也在众人心中重新燃起了希望。证明作为濒危动物的野生中华鲟还是有延续性的，因而对它格外珍惜。

没有什么好犹豫的，王彦鹏当即换好衣服，坐上公司安排的车辆前往机场去赶傍晚5点的飞机。然而，车开到半路遇上了拥堵。时间不等人，王彦鹏果断下车，直接去乘地铁前往机场。航站楼在一遍遍播着"前往武汉的旅客请注意，您乘坐的 ×××× 航班很快就要起飞了，请您抓紧时间由 × 号登机口登机"。待王彦鹏大汗淋漓地赶到登机口时，未登机的乘客就剩下他最后一人了。

赶到荆州基地已是半夜，王彦鹏顾不上旅途劳顿，立即检查了"厚福"的情况。感觉它的伤情恢复得还不错，但就是一直没有进食的反应和表现，所以长江所的工作人员都很着急。

为尽快将"后福"送到北京进行救治养护，第二天一早，王彦鹏便随车队护送"厚福"昼夜兼程往回赶。进京途中，王彦鹏悉心照料并随时观察"厚福"的身体状况。亲眼看见它两次掉转身体，把头部向着长江，这情景让他至今难以忘怀。经过 20 多个小时的全程护送，"厚福"终于安全抵达海洋馆。待它入水后，王彦鹏不顾劳累困顿，立即换上潜水服，和蔡经江、贺萌萌轮流在水中陪护，直到"厚福"适应了新的环境。

通过长时间摸索与实践，王彦鹏和同事们总结出一整套中华鲟养殖和训练的方法，为中华鲟的保护和饲养积累了宝贵的经验。他在记事本上写道："中华鲟对环境是非常敏感的，比如自来水里面的氯，对它的伤害非常大。""给中华鲟喂食很讲究，如果杀菌不到位，容易导致肠炎……"

多年来，王彦鹏养成了一个习惯，通过对中华鲟的日常观察，针对每一尾鱼建立起一套完整的鱼况档案，对中华鲟的投喂饲养、营养摄入、日常状况等进行认真的分析、记录。他与张艳珍、蔡经江、贺萌萌共同研究，根据中华鲟的情况，及时调整饲喂方式和驯养手段。除了重视日常驯养工作外，他又与张艳珍一道，对中华鲟的健康状况实时进行观察。通过配合长江所科研人员对中华鲟进行定期体检，及时发现和解决问题。

从 2016 年开始，鲟鱼馆与"雨林奇观"合并，王彦鹏被升为淡水鱼部主管，同时担起了两副重担。他又用最短的时间，很快熟悉了 100 多种热带雨林及内陆河川淡水鱼类的品种及其习性。

曾被评为区级劳动模范的王彦鹏，为人处世一向低调谦逊。他自称论理论基础和细心程度比不上张艳珍，论水下技能比不过蔡经江和贺萌萌，论综合技能更无法与杨道明相提并论。因为自身条件不够好，所以平时总想着尽最大的努力把事情做好。

其实，只有王彦鹏的同事们最清楚，身为主管，他平日虽然下水较少，但每次水下作业都是最精细的。用贺萌萌的话说，别人一般操作1小时，他得用上将近两小时。因为饲养员一般喂完食之后，只是把之前发现有问题的鱼重点看一下，对没有发现问题的鱼一般不会单独去检查，但是王彦鹏每次下水都会把每条鱼上上下下、前前后后、仔仔细细看个遍。

饲养员下水前穿戴的基本潜水装备是潜水服、压铅和面镜。因为中华鲟的嘴长在腹面，饲养员喂鱼的姿势有可能倒着，有可能仰着，也有可能侧着，才能把食喂到鱼的嘴里。

有一次，王彦鹏下水后，因为又要喂食又要给有症状的鱼注射，姿势倒换得多一些，导致面镜进了水。面镜一旦进水，有可能会灌到鼻子里去。但是，王彦鹏没有上岸调整，坚持操作将近两小时。尤其是给那尾病鱼医疗时，他水下跟游准备找鳍根进行静脉注射。本身鳍根就不太好找，再加上那条鱼因为身体不舒服不肯配合，让他跟游了半小时才完成了注射。

除了与鲟鱼们互动，王彦鹏还时不时地向围观的游客们招手致意，引得游客尤其是小朋友们报以热烈的掌声。可是谁能知道，在18℃的水下连续操作两小时，人对低温要有多大的耐受力。面镜进水起雾，又将要承受什么样的后果。

还有一次，有一条鲟鱼状态一直不是很好，所以总不进食，需要给它塞喂。张艳珍发现另一条鱼的肚子有点儿软，可能是发育的性腺退化后还没完全吸收。为防止感染，需要先给它注射消炎药，同时喂药。全部工作下来本身就要1小时以上，加上王彦鹏又认真，做了将近两个小时。身为劳动模范，他真的不是徒有虚名。

为了普及中华鲟知识，抓住 2012 年是生肖龙年的契机，海洋馆举办了"龙·鱼文化"活动日。为增加展示的观赏性，已经对水下作业游刃有余的王彦鹏，在开展水下互动表演的创新上做了尝试，和同事们一起开发出"水下舞龙"的表演项目。贺萌萌扮成中华鲟手握彩球在前面引领，王彦鹏和蔡经江挥动用丝绸做的龙身与"中华鲟"互动，生动诠释了"龙"的原身是鲟鱼这一千古之谜，得到了广大游客的喜爱和称赞。

王彦鹏的家乡在黑龙江，大学毕业后来京打拼，一直住在离单位很远的出租房。因为刚刚走向社会的他收入不高，尤其是结婚以后花销更大了。但是几年下来，他感觉自己正在做的事情很有意义，海洋馆的企业文化又让他感觉能够融入其中，在这个岗位上会有所作为。这是王彦鹏能够一直坚持下来的最大动力。

从外地到北京生活非常不易，有好友劝王彦鹏还不如回家做事呢。但是他认为自己所从事的工作在其他地方未必有机会做，其中充满机遇与挑战，能够发挥自身价值。抱着这样的信念和追求，再加上整日和中华鲟待在一起，时间长了也有了如同亲人般的感情，他甚至休假一段时间还挺想念它们的。

从初来海洋馆时单身，到 3 年后结婚生子，一晃儿子已经 10 岁了。儿子 5 岁前一直放在老家的爷爷奶奶那里，王彦鹏一年甚至两年才和妻子回去看一次老小。记得隔两年才回家那次，他张开双臂想要拥抱儿子，儿子不仅没有跑过来，反而惊恐地看着他大哭起来，把他当成闯进家中的陌生人了。一旁的妻子见状不由得转过身去……

直到儿子快上学了，夫妻二人才把他接到北京来。谈及此，王彦鹏略显内疚地说：我陪中华鲟的时间，比陪儿子的时间要长得多。

第十二章

"护鲟天使"张艳珍

凭借 10 年来积累的经验,张艳珍的观察力非常强。某条鱼的游速为什么会发生变化,为什么总是转弯,通过这些变化判断出可能是消化道出了问题,或体表蹭到哪儿了不舒服,然后根据病情给它用内外伤的药。

张艳珍的职务是养殖工程师兼中华鲟医生。在鲟鱼馆的工作人员里,真正学以致用的非她莫属了。张艳珍的家乡在内蒙古,从小个性独立。高中毕业后,上哪所大学、学什么专业都是由她自己决定的,本科是在内蒙古大学的本区乃至全国都最好的专业——生物专业。

大学毕业后,父母不太希望张艳珍继续读研,认为一个女孩子回家当老师挺好。其实,从未干涉过她自主选择权的父母是舍不得女儿离开家啊！但是张艳珍还是说服了二老，坚持要独自出来闯一闯。她考取了华中农业大学的研究生，专业转成学水产了，而且专门研究中华鲟以及室内鱼类健康发育、繁殖等相关的知识。

读研期间，张艳珍就利用寒暑假来到海洋馆实习，参与中华鲟的体检工作，每天都要对两尾野生中华鲟进行健康检查，这让她与海洋馆结下了不解之缘。原来的一位在北京海洋馆工作的养殖工程师，因个人原因离职。海洋馆急需有中华鲟专业知识的人才，张艳珍2009年研究生毕业，又在这里实习过，便顺理成章地补位入职，一直工作至今。

入职初期，张艳珍从清洁鱼池、下水作业等基础工作开始做起，逐渐进入到制作饵料、观察鱼况等技术工作。随着经验的逐渐丰富和技术的不断提高，张艳珍的工作也从基础养殖转移到了课题项目的攻关。经验越丰富，越让她感受到自身能力的不足。白天在海洋馆完成本职工作，晚上回家后还要整理、查阅、总结有关中华鲟的资料。从2016年起，她才真正开始关于中华鲟养殖的科研和救护工作。

严谨到有些较真的性格让张艳珍认准了一个死理儿：无论花费多少时间和精力，一定要把分内的事情做好。比如她认为中华鲟的养护有很多事情要做在前面。一开始有人对此不理解，认为只要对中华鲟正常喂养护理得当就蛮不错了。对张艳珍提出的一次次下水才能做的护理和医疗方式，感觉总给他们"加事儿"。但是张艳珍坚持认为，如果是能延长中华鲟的寿命、保持它健康水平的事情，就该去做。后来，同事们发现按照张艳珍的喂养方案去操作，中华鲟的疾病的确比之前减少了很多，包括脂肪肝、腹水等等，营养水平也提高了很多。原来不理解她的人不再说什么了，真正是心服口服。

"厚福"被接来海洋馆的第二天，需要对它进行采样检疫。张艳珍登在两米高的梯子上准备给它采鳃时，被"厚福"一尾巴甩了一身的水。下面的工作人员见状不由得替她捏着一把汗，幸亏只是甩了她一身水，如果尾巴直接甩在她身上，让她再摔下梯子，后果不堪设想。

有人认为接触野生中华鲟会有危险，但是始终与"鲟女王""厚福"等野生中华鲟"零距离"接触的张艳珍，对此却有着她独到的见解。她认为越是经历过从海洋到长江这种大江大浪、雪雨风霜的野生中华鲟，智商反倒越会高些，与人的配合会更容易些。因为它懂得该怎样做才能最大限度地降低自己的损耗。所以，以当年的"鲟女王"和现在的"厚福"为代表的野生中华鲟，一般在人护理它的时候，它的动作反应不会那么大，而且会显得相对温顺一些。

张艳珍每天都要对每条中华鲟的状况从早到晚做记录，包括游速、呼吸。尤其从 2015 年开始，对重点保护对象"厚福"，除去日常护理和喂食，每周都要对它的维度做水下测量。"厚福"刚来鲟鱼馆时维度是 128 厘米，在张艳珍和同事们的精心呵护下，第二年底已达到 168 厘米。身长也由刚来时的 3.41 米增加到 3.48 米，体重从 220 公斤达到 250 公斤。

平日里，张艳珍要应对"厚福"整个疗愈过程中出现的拒食、疾病，包括医治它之前受伤的尾柄，一直持续了两年。通过每天下水用药，"厚福"因感染导致溃烂的尾柄慢慢恢复了，只是落下了一个瘤状的伤疤。

在日常护理中，通过实时对中华鲟的观察，张艳珍又发现，其实每一条鲟鱼都有相对固定的游速和呼吸，游动起来也有固定的区域和泳层。如果发现某条鱼的上述指标发生变化了，说明这条鱼十之八九有问题了。包括看它的心情变化或状态反应，池子里的水的变化等等都可以作为参照，做进一步细致的观察。中华鲟就像人一样，从头到尾的病都有可能患上。如出现口肿导致嘴部发红充血，也可能鳍边如同人的肢体末梢一样出现充血溃烂。如果某条鱼在快游的过程中出现吐气的行为，可能是它的消化道状态不太好了。另外，如果某条鱼的生殖孔排便的时候会发红，那肯定是患了肠炎……总之，鱼在生病之前一定会有行为变化，包括活动范围、呼吸频次和游速。

以"厚福"为例，它的呼吸频次、嘴的张合即鳃的张合一般是12到20，但是如果一下到了20以上，甚至25到27左右，而且是一整天甚至好几天持续这样，那就必须要检查它是否出问题了。除了上述行为变化，还要观察鱼儿们的吃食状态。像"厚福"这样体形巨大的中华鲟，口膜一般为20到30厘米，子二代大多是十几厘米。口膜张开时是一个圆筒状的，靠吸力把食物吸进去。正常时口膜的吸力特别大，一口能吞很多食物。但是当它状态稍微不好的时候，吸力便变得很小，需要人工帮它把食物送进口中。根据它行为变化加上吃食时的反应，就能判断鱼儿们的身体健康状况。

平日里，张艳珍留给许多人的印象是个工作狂。其实，早在读研究生时她交过一个男朋友，毕业后和张艳珍一同来北京打拼。也许是专业所限，渐渐地，男朋友开始感觉想在北方立足太不容易了。本来想经过几年的努力，有个好点的工作，买一套大一点的房子，在北京安家立业。可两年下来，他觉得理想和现实的差距太大，在北京生活工作的压力，包括租房、上班的时间成本、收入的不尽如人意等等让他心灰意冷。所以，男朋友劝说张艳珍一起去南方发展。可是张艳珍却不想离开北京，她感觉这里所有的资源都特别好，更适合自己。再加上其他方面的原因，最终她没能为了爱情远走高飞，而是与男朋友分道扬镳了。

参加工作几年后，张艳珍终于贷款买了一套小房子。她自称是典型的宅女，业余时间除了看电影、看书，就只倾心于查资料搞研究。尤其是 2009 年至 2019 年特别忙，因为许多问题处于未解决的状态，养护中华鲟涉及很多课题项目，每年要做四五个。为尽快获得检测结果，她利用休息时间，独自在动物园的兽医院、中国农大、北师大等合作单位的实验室连续进行实验。她曾连续多日在展窗前站立 8 小时以上做鱼况观察，繁殖实验期间连续上班超过 36 小时，为一尾中华鲟做疾病重症监护时连续上班 15 天。累到回家后哪儿也不想去，连朋友的电话都懒得接，只想躺下后一觉睡到自然醒。这种生活状态对她个人问题多少有些影响，渐渐地习惯了一个人的生活。因为暂时没有遇到合适的人，个人问题便暂时搁置了下来。

张艳珍不满足于只是苦心孤诣做研究，必须要应用于实际当中去检验。为了给患病的鲟鱼做观察和治疗，不擅水性的她多次潜入水中，最初还差点溺水。当时，张艳珍结束了水下观察鱼况准备上岸，本来距离岸边已经很近了，在与平台还有一定距离时，她就把绑在身上绳子摘了。不料，与绳子连在一起的气管也被同时带了下来。这一下非同小可，只见她在水面上扑腾了几次，便再次沉入水底。在岸上的同事顿时大惊失色，赶紧跳入水中把她救上了岸。

凭借 10 年来积累的经验，张艳珍的观察力非常强。某条鱼的游速为什么会发生变化，为什么总是转弯，通过这些变化判断出可能是消化道出了问题，或体表蹭到哪儿了不舒服，然后根据病情给它用内外伤的药。

一次，一名潜水员下水作业前，张艳珍对她说：8 号的状态看上去不太好，你留意观察一下。潜水员边喂食边观察，看到 8 号吃食特别积极，刚一下去就过来围着喂食桶，给它喂食时吸力也特别大，心说 8 号挺正常的呀！可就在张艳珍看出它"状态不太好"的两周之后，那尾鱼的病状果然显示出来了。

8 号是一尾小公鱼，张艳珍发现它肚子有点儿软，原来它也发育了。在自然环境下，公鱼可以把精子排出去，也会根据水流刺激、水温的变化释放。但是在海洋馆里，没有母鱼产卵的地方，水温和水流都是固定的，不会帮助它发育以后自己再吸收，于是可能会出现这样那样的问题。

8 号的症状出现后，饲养员给它喂食时发现，它不再游到喂食场来，而是在一个小角落转来转去。幸亏张艳珍在两周前已经预见到它有问题，医疗手段也已经给它用上了。如果到看出它有问题的时候，肯定就会延误治疗了。所以，张艳珍给同事们的印象是特别神奇，几乎能在鱼儿身体不舒服之前就能预见到，她也因此救活过很多尾病鱼，包括有些被认为已经没救的鱼。

鲟鱼在游动时往往不会拐弯，只是朝着一个方向游，小池子里有的子二代在游动时会不慎撞伤。其中有一条鱼可能是被其他鱼撞到之后受了惊，一下子撞进池子的管路里出不来，头浮出了水面，渐渐肚子里进了气，身体都已经发僵而且漂了起来。张艳珍赶紧为它做人工排气、身体平衡，注射消炎剂。经全力抢救。这尾子二代终于活了过来，而且后来恢复得很好。

2018 年，有一尾子一代腹水特别严重，经过张艳珍半年时间的救治，最终完全康复了。还有前面讲述的与死神争夺"鲟女王"的生命，持续两年不断给它调剂食物、补充营养，好几次都是把它从死亡线上拽回来。然而，责任心超强的她在"鲟女王"死去后，连续 1 周以泪洗面，很长一段时间都不能释怀。

因为张艳珍对中华鲟的医疗和各种处理，经过无数次实验对淡水鱼喂点、剂量的研究等突出成果，公司给她机会到国外去做学术交流、登台演讲。张艳珍曾接受过多家媒体的采访，多篇报道中都盛赞她事业心强。淡定的她对此却不以为然，她给自己定义的标签仅仅是一个做技术、做基础、做养殖的人。就像人养小猫小狗等宠物一样。你既然养它，就要对它有一种负责任的心态，就要喂它吃，陪它玩儿。对待海洋馆的生物也是一样，它们不像当初生活在大自然的那时候了，现在只有靠人来管。所以，必须对它们精心治疗百般照料。

第十三章

"机器猫"蔡经江

蔡经江已经把鲟鱼馆当成了家，视中华鲟为亲人。每当看到自己一手参与建立扶持起来的项目获得成功，他都感觉无比亲切和自豪。尤其是对中华鲟的感情，已经渗透到骨髓中了。

作为鲟鱼馆的元老级人物，2005年从鲨鱼馆调入鲟鱼馆的蔡经江，已经达到即使闭着眼睛在水下作业，只要摸一摸其中一尾鲟鱼的头部，便能知道它是多少号的程度。当年，为了尽快认识每一尾中华鲟，他归纳总结了不同的分辨方式。一是从鱼的头的形状来分辨，二是鱼体外形特点，三是体表的颜色，四是身上不同位置的缺陷及特殊痕迹等。用这4种识别方法，经过不到1个月的时间，他就掌握了20多条鱼的特征。比如，某条鱼的鼻子很尖，某条鱼的侧身有一个黑点，有的鱼身体颜色发黑，有的呈灰色。如果两条鱼长得很相似，就从体形大小和颜色，即从宏观到微观来辨认。野生中华鲟和子一代中华鲟，则是从体形上一眼就能分辨出。

年复一年，蔡经江对中华鲟的喜爱已经远远超出了对它的责任感。走进鲟鱼馆的工作间，各处都能看到由他亲手改良及制作的各项实用工具，几乎每个家什都是他亲手制作的。过道放着一个白色的架子，做鲟鱼汉堡要把胶状的饵料先放凉，凉了之后就像鱼冻了。为此，蔡经江专门做了这个一边能进冷风、一边能排风的架子。室内还摆放着各种有助水下快速提高清洁效率的小工具等。同事们亲切地称呼他"机器猫"，因为凡是需要做什么工具，只要他动动手，这个工具就能从他手上变出来。

鲟鱼馆创办初期，几乎所有的基础建设都由蔡经江大包大揽了。因为饲养中华鲟完全是从零开始，没有任何家什，甚至连需要置办什么都不清楚，只有一边工作一边去摸索，发现问题解决问题。有道是民以食为天，可试想这世上凡带气儿的，又有哪个不以食为天呢？蔡经江想：别的暂且放一放，得先置办喂鱼的工具，那就从这儿开始吧。

自 2005 年起，海洋馆展缸里陆续放入 26 尾中华鲟。除了"鲟女王"，大部分鲟鱼的体形都还很小。最初，饲养员们是把饵料随便往水里一撒，但是 4 米深的水面，饵料一到水下就散开了。如果饵料沉不到水底，作为底栖鱼类的中华鲟根本无法将食物吃进肚子里。而且，必须要有一个让鲟鱼们熟悉喂食的场地，不能太散。于是，饲养员们选择了水中一个相对平一点的台子来喂食。

为了让鲟鱼们吃食时不至于吸到更多的沙子，蔡经江用一块 1 米见方的布，在四周拴好绳子，把饵料放在布里，沉到水下的喂食台子上散开，待鱼吃完食后再把剩下的饵料提上来。这种办法既能定点训练鱼在固定的地方吃食，又能把剩下的饵料及时提上来，不致脏污了水。但是，蔡经江感觉使用布兜饵料的工具太原始了。于是，他买来自行车刹车的钢线，还是用一块 1 米见方的布，布的 4 个角由钢丝线牵引着穿过一个钢管。再设计一个带滑轮的小工具，让它到水下自动打开，喂完后又能自动收上来。为防止鱼吸食水底的沙子，又在喂食场铺上一块两米长的亚克力板。

　　渐渐地，鱼熟悉了饵料的味道，习惯到喂食场衔尾相随地找食吃。中华鲟经过一段时间后逐渐熟悉环境，食量剧增，布兜喂食的方式已不能满足"大胃王"的需要。于是，蔡经江再次改良了喂食方式，用一根粗水管把饵料放在里面，把水管伸到水下的喂食点，通过管道均匀地撒下去喂食，这样可避免强大的水流把饵料吹散，落不到指定地点。

　　自从鲟鱼部经理杨道明提出了在水下给中华鲟塞喂的办法后，蔡经江又在喂食桶上开始动脑筋。早先水下的喂食桶只有一个亚克力的透明桶，也是为让游客看到给中华鲟喂的是什么饵料。当时还没有对每一尾鲟鱼单独喂食，桶一放进水里，鲟鱼们便围拢过来。由于它们的口膜吸力非常大，三下两下就把桶嗑坏了。于是，蔡经江试着改用不锈钢桶。

　　因为没有其他样式，蔡经江按原来亚克力桶的样式拿到外面去加工，又发现桶因为是纯钢做的非常沉重。在水下讲究中性浮力，即食桶跟水的浮力相等是最好的。于是，他又对不锈钢桶进行了改良，为了减轻重量在桶上打了很多孔，拎上来时水和沙子就自然漏出了。因为原来的食桶门过于窄小，喂食时容易卡到手，蔡经江又加大加宽了门的设计。随着喂食量的加大，最后又加高了桶身。

　　除了每天喂食，养护人员还要定期对鲟鱼们的身长进行测量，对它们的生长指标进行鉴定。根据鲟鱼们胖了还是瘦了、身长又长了多少来增加饵料的配比。如果总把鲟鱼打捞上来测量，会对它们的身体有一定损伤，所以要在水下为它们测量体长及维度。

如何把游动中的鲟鱼们固定住呢？蔡经江想了一个办法。他用一个透明的大管子，和同事一起把鲟鱼引领到里面并让它腹部朝上，立刻，鲟鱼就像打了镇静剂一样不再挣扎了。接着，再把它的身体翻转过来使其背部朝上，在管子上进行测量。长度可以这样测，测维度的时候，则是趁着鲟鱼安静下来后，把它从管子里缓缓拉出来测。

一段时间过后，又开始对鲟鱼进行体重测量。蔡经江和同事们在水中把1米左右的鲟鱼捞入一个直径1.5米左右、扎了很多孔的大桶中，利用池边吊机吊出水面，待水排空后进行称重。50厘米左右的小鲟鱼则改用一个盛一半水的桶先称重去零，再把鱼放到桶里去称。还要根据鱼的体重、体长的变化，采用不同的称重方式。长到一定长度和重量的大鱼，则要用担架去称。

一开始是把担架放在水底下，由三个人进行操作。二人扶住担架杆，一人引导鱼上担架。水上还要有三人拉绳，一个人拉担架前面，两人拉后面。考虑到这样做既费工又费力，蔡经江对此又进行了一次改良。把担架用吊机悬停在水面，把鲟鱼引领到悬空的担架上来，直接把它吊起。这样一来对鱼的伤害小，二来水下减少了两人，一人便可搞定了。

在工具的改良上，蔡经江从未想过只要能凑合用就行，或是用过一段时间后只要还能用就行，而是不断改良和革新。目标就是以最简的条件、最少的人力，达到最高的效率，所以才有不断的进步和提升。

久而久之，蔡经江给同事们留下进一步的印象是，不仅需要什么样的工具，他能千方百计把它制作出来，而且制作的过程就像台阶一样一步步向上攀登，越来越趋向实用可操作性。对此，蔡经江的回答是，就像盖房子一样，需要用沙子、柱子和砖打地基，房子盖好后需要置办家具，恰好这些是自己喜欢做又有能力做的事情。

渐渐地，蔡经江已经把鲟鱼馆当成了家，视中华鲟为亲人。每当看到自己一手参与建立扶持起来的项目获得成功，他都感觉无比亲切和自豪。尤其是对中华鲟的感情，已经渗透到骨髓中了。

上面描述的对蔡经江来说其实都是"副业"，他真正的主业是鲟鱼馆的驯养员。但是，把海洋馆当家、把中华鲟当亲人的蔡经江早已"主副不分"，将其合二为一了。

说到主业，给蔡经江印象尤为深刻的是在迎接"鲟女王"之前，得到的信息是这条野生中华鲟已经很长时间没吃食了。初来馆时，"鲟女王"的身体状况和体力还是不错的，但就是不肯进食。蔡经江当时只知道它在自然界是吃一些底吸类的食物，但是如何喂食完全没有可参照的经验。

于是，蔡经江去到"热带雨林"锦鲤池钓来活鲫鱼试着喂"鲟女王"。今天不吃，就把鲫鱼放在水里养着，第二天再试喂。包括泥鳅、鳝鱼、河蟹等，各种能买到的海鲜产品都拿来试喂。当发现它可能有食欲了，蔡经江又尝试通过对"鲟女王"口腔的外部刺激，对它进行先把食物吸到嘴里慢慢咀嚼，然后再吞咽的适应性训练。

有一天，当蔡经江再次把一条鲫鱼送到"鲟女王"嘴边时，终于被它一下吸进嘴里去了，顿时让蔡经江惊喜不已！但由于"鲟女王"吞咽的功能还未恢复，只见它不断地咀嚼，至少维持了 3 分钟左右。

正在展缸外观察的同事们不由得攥紧了拳头一个劲念叨："吃呀，吃呀，快吃呀！"期盼着"鲟女王"把嘴里的鲫鱼咽下去。

终于，只见"鲟女王"喉头一紧，咕噜一下把食物吞下去了。就在那一刹那，蔡经江的泪水如决堤的洪水一般奔涌而出，瞬间模糊了面镜。就像自己的某个亲人，久病卧床，多日未进食了，突然间在某一天有了好转，你喂他吃下第一口食物的那种感觉。

进馆到现在，从鲨鱼搬家到给中华鲟喂食和护理，一系列的工作蔡经江都直接参与了。有一次，杨道明让他给新来的员工讲一讲驯养中华鲟十几年来，最触动他的是什么，他并没有首先去讲一路走来如何充满艰辛，而是对大家说：从"鲟女王"到"厚福"，这两尾野生中华鲟，因为都是雌性中华鲟，给我的感觉是性格比较温顺稳重。从各种表现来说不是应激性很强的鲟鱼，而且还在互动中表现出对人类的亲和友好等等。从体质上来说，它们在外伤治愈后，虽然也有生病的时候，但是为它治疗时比较配合，从未感觉到它对人的抗拒性很强。所以在治疗方面进展很顺利，没有给人带来过很大的麻烦。

蔡经江一番充满感情的话，如果中华鲟们能听懂，说不定会像人一样去拥抱他了。接下来，杨道明又问他：那你再告诉大家，当你碰到那种性格刚烈一些的中华鲟又是如何应对的呢？

蔡经江举起自己的右手对在场的人说：你们看，我的右手小拇指已经废掉了。这是性格刚烈的一尾子二代12号造成的。那天，我要为12号做体检，捕捞的时候它反应十分激烈，游速相当快。因为当时是用抄网来固定它的头部，不让它游走。结果，它用头猛地一挣，一下子就把我小拇指的筋给拽断了。所以，对于像12号这种性格比较刚烈的鱼，不要正面去跟它进行抵触，而是要避开它头部直接冲撞的方向。

有些鲟鱼在水下游动时也会表现出很强的应激性，比如被同伴碰撞到或者尾巴扫到它的某些部位时，它会猛地甩尾往前冲撞，正在水下喂食的饲养员会冷不防受到鱼头正面的撞击。这些对水下操作者来说是需要格外当心的。在喂食的时候要侧开身，提前做好防备。

由于长期下水，尤其是刚开始养殖鲟鱼的前几年，从喂食到打针喂药、测量体重体长，蔡经江几乎天天下水，结果患了耳道湿疹。现在每次下水前，他都要在耳朵里抹上一层红霉素软膏，以起到对耳道壁一定的防水作用。即便如此，连续数日下水，依然会耳朵肿胀导致疼痛，相当于一种职业病。水下作业需要耳压平衡，包括患了感冒等症状是不能下水的，因为如果鼻腔堵塞和耳道管不通了，在这种情况下下水，容易把耳膜压穿。

中华鲟闹分枝杆菌病那段时间，人如果下水，尽管戴着面罩，但五官依然有可能接触到水，感染病菌。明知可能对自己的身体有害，冒着被感染的危险，蔡经江和其他饲养员照下水不误，除非谁有了外伤，为避免直接感染暂时停止水下作业。即便如此，那次蔡经江的手不小心碰破了，他用凡士林油涂抹在伤口的表面，戴上医用手套，在手套腕口的地方再涂上一层凡士林，穿上潜水服又下了水。

22年过去，蔡经江幽默地做了一句话小结：除了职业病，我的身体素质也得益于多年在水下的运动，相当于常年洗冷水浴了。

如今，蔡经江的女儿已经上初三。受父亲影响，女儿的动手能力也很强，平日里能自己拆装一些小零件，班里同学谁的文具坏了她会主动帮忙修理。问到女儿长大后想做什么，女儿的回答是："只要那时候还有中华鲟，我就去海洋馆上班。"

女儿的一句话，说得蔡经江感慨良久……

第十四章

"美人鱼"贺萌萌

小伤对于贺萌萌，用她自己的话讲，早已见怪不怪了。至于什么时候碰的，干什么碰的，已经完全想不起来。管他呢，只要没伤到骨头就行啦。

"萌萌，你的小腿肚子又青了一块！什么时候碰的？"

说这话的是贺萌萌的男朋友许飞。这天傍晚，他买了两张《恋爱的犀牛》话剧票，和身着一袭漂亮连衣裙的贺萌萌一起走进了剧院。许飞在低头为贺萌萌放下座椅的一瞬间，发现了女朋友腿上的瘀青。

其实，这种小伤对于贺萌萌，用她自己的话讲，早已见怪不怪了。至于什么时候碰的，干什么碰的，已经完全想不起来。管他呢，只要没伤到骨头就行啦。其实，许飞的一句"又青了一块"已经表明，这种事在她男朋友眼中都习以为常了。许飞知道贺萌萌打小喜欢动物，认为女朋友的工作能和爱好一致是件好事。

贺萌萌出身于军人家庭，从小父母对她从未娇生惯养，搞得她皮实得像个男孩子。尤其是贺萌萌的妈妈，一直非常支持女儿的工作，从来没有动不动就说"不行啊""要注意"之类的话，相反总是说："没事儿，这都不算事儿啊！"父母和许飞的理解支持，让贺萌萌总有一种幸福感爆棚的感觉。

贺萌萌大学学的是国际贸易，和目前从事的工作毫不沾边。毕业之后，她被分配到一家广告公司上班。刚去单位工作没几天，遇到一个朋友前来面试，告诉她先前去某海洋馆面试没合格，所以才来到这里。朋友说：你那么喜欢动物，为什么不去试试？又问贺萌萌游泳怎么样，她回答还可以。之前，对做潜水员这个职业，贺萌萌从来没想过。

经朋友提醒，她还真去那家海洋馆面试了。结果，主考官和教练都认为她条件不错，于是，贺萌萌离开了原先的广告公司，去那家海洋馆上班了。不久还拿下了潜水执照，每天的主要工作是演美人鱼。

有道是人往高处走，一段时间过后，到了2006年，贺萌萌又把目光瞄上了自认为更有用武之地的北京海洋馆。但是，当时入职海洋馆的条件是，要求学的是水产或动物专业，而且要具备水下技能。尽管专业不对口，但是因为贺萌萌有潜水执照和在其他海洋馆工作的经历，她最终被海洋馆录用了。

刚入职时，贺萌萌挺想去海豚馆工作的，觉得与海豚、海狮等海洋动物的互动既有趣又有亲切感。但是，当时鲟鱼馆引进中华鲟仅一年，正是用人的时候，加上她的水下技能又好，结果被分配到鲟鱼馆了。

由于贺萌萌的水性好，人又长得漂亮，馆里节假日尤其是"七夕节"的美人鱼表演都由她来做。和原来任职的那家海洋馆不同的是，这里的美人鱼表演是与中华鲟互动。但是中华鲟不像海豚、海狮，它们不会主动来找你，你得反过头去找它。只有做到天衣无缝，才能在游客眼中看上去人鲟互动也很和谐。

平日里，贺萌萌在鲟鱼馆的主要工作是饲养员。经过多次选择之后能够在现在的岗位上稳定下来，与中华鲟一起生活15年，她感觉特别荣幸。当初她曾以为，与海豚、海狮相比，中华鲟的智商有着很大的差距，所以它们也许不会跟养护人员产生什么感情。平常印象里，那些鲟鱼肯定都是很怕人的，用手一碰它会反应特别大，然后游走逃跑。实际接触起来其实不然，贺萌萌实第一次下水去摸它们的时候，感觉它们真就像自己养的小猫小狗似的，特别温顺。你如果顺着方向摸它，它完全不会抗拒。

但也不是所有的鱼都是这样，性格温顺的鱼比较亲人，但有些性格暴躁的鱼，你摸它的头或者脊背，它会很不耐烦，然后很快游开。这种鱼游动起来速度很快，而且体形巨大，体重往往在二三百公斤。在水里随便被它碰一下，一般人都受不了。它的嘴没有牙，在喂食的时候，把饵料送到它嘴边上，口膜张开把饵料吸进去，有一次连贺萌萌的手也一起嗫进去了。当时手被嗫住的感觉就像被门挤着了，如果它嗫住不放，你的手就像一直被门夹着，但还不能跟它太较劲，担心吓到它，只能随着它游。当它一咀嚼发现不是想要吃的东西时，自己就张开嘴了，贺萌萌便趁机把手抽出来。

最早的防护服不带帽子，需要单独戴头盔。头盔戴上之后，呼吸器里呼出的气有时会往上跑，如果头盔里的气不及时排出的话就会有浮力，影响人在水中操作，所以贺萌萌最初不愿意戴头盔。索性把披肩发束好后就下水了。有一天喂鱼时，一条鱼的嘴把她的头发吸住了，而且使的劲儿还挺大，一下把她的头发全吸散了，她只得上岸系好头发戴上头盔再下水。后来，防护服改成衣帽一体的了，贺萌萌的头发再没被鱼吸过。

因为时常下水，贺萌萌总结出了一套水下作业的经验。一是因为要近距离贴着鱼的肚子下方塞喂，所以要把游速和泳层控制在它肚子的正下方，还有打脚蹼的力度不能大，不能碰到它，否则它有可能就撺儿啦！二是要特别掌握好浮力，在它肚子下面一直跟着它游。在靠近鱼的时候，身体动作幅度要特别小，这样就不会惊扰到它。三是潜水员使用的是压缩空气，为方便水下操作，随时需要调节一下气管的长度，避免缠绕。四是为抵御寒冷，饲养员要穿 5 毫米厚的潜水服，下水之前往潜水服上洒一些热水，再把靴子上的拉锁绑紧，这样一下子进入水中时就不会感觉太冷了。

时间一久，贺萌萌渐渐琢磨出了中华鲟也有小心思。虽说它的智商可能没有那么高，但是经常下水和它们接触，贺萌萌发现有些鲟鱼的智商并不低。有一条需要塞喂的 61 号，因为它个头比较小，相对其他鱼显得比较灵活，喜欢小动物的贺萌萌总有一种拿它当宠物的感觉。在给 61 号塞喂的时候，刚一靠近它，甚至它发现你想要接近时，它会有明显的反应。当看到你手里什么东西都没有，既不打针又不塞喂，只是游过它身边要去抚摸它的时候，它的反应没有那么大。它可以让你摸头部、脊背和身子两侧，总之怎么摸都行。但是，如果你拿着针管或者是拿着塞喂的食管去靠近它的话，它的行为立刻就不一样了。

首先，61 号会表现出有些紧张，然后开始加快游速。而且好像知道了自己的嘴在正下方，你如果从它身子下边去塞喂的话会比较好操作，于是，它就会把嘴贴在石壁上去挡着，这样你就根本没有操作的空间，无法塞喂它了。接下去，它会一直保持这个泳姿，不是贴着墙就是贴着沙层。总之，就是不让你有任何缝隙能把东西给它塞进嘴里去。所以，每次在塞喂 61 号的时候，贺萌萌都得围着它在池子里游好久好久，直到它游累了，心想哎呀，放慢速度吧，反正我也斗不过你了，随你便吧。那个时候，贺萌萌再顺势把食物给它塞进嘴里去。把握了 61 号的小心思，贺萌萌每次塞喂它时便都是这么应对。

蔡经江是贺萌萌的师父，她感觉师父对鱼的状态把握和与鱼的互动都特别到位。平时，有什么不懂的地方随时都向他请教。随着鲟鱼池内中华鲟数量的增加，尽管倍加小心，师徒二人在水下作业时还是会受到鱼的突然冲撞。一次给一尾鱼塞喂时，蔡经江被它撞飞了面镜，碰到了眼睛，导致眼白充血。还有一次，贺萌萌被鱼一甩尾巴，连面镜带呼吸器全给抽飞了，嘴立时肿了起来。因为鱼在吃食的时候都会聚拢过来，某一尾鱼如果在抢食中碰了另一尾鱼，另一尾鱼立刻会被惊到，一甩尾巴就可能殃及饲养员。如同一股巨浪打来，令人猝不及防。蔡经江的耳朵真菌感染，贺萌萌的耳膜也因为常年下水，受水压的影响轻度穿孔。

在 18℃的水下长期操作，作为女孩子还要面临的一个现实问题是生理期。游泳池的水一般温度在 28℃以上，是人体感觉最舒适的温度，而鲟鱼池的水温 18℃，远远超出了人体的耐受程度。因为长期水下作业导致月经特别不正常，贺萌萌经常要去看中医，每次医生都说她体寒。提醒她应该积极调理，否则时间久了可能影响以后要宝宝。

潜水服厚度有 5 毫米，喂鱼时追着鱼跑加上兴奋，对水的寒冷感觉还不是特别强烈。但是水下清洗时要将吸沙桶插在沙子里，把脏东西往上吸。每吸一下往往要等上三五十秒，在等的过程中冻得胸都疼。"大姨妈"时间不准是常事。比如上个月是某日来的，但这月的某日如果还没来，不能说今天就不下水了。所以只要"大姨妈"不来照下水不误，被乐天派的贺萌萌笑称为"不见兔子不撒鹰"。经常是在水里泡了两小时，一上岸才发现"大姨妈"真的来了。但颜色已经不是正常的鲜红色，而是呈黑色。

日常喂食和护理以及药饵制作、水下清洗、设备的反洗清洁等，都是贺萌萌的分内之事。尤其是药饵她做得特别快。绑药饵是个技术活，因为是在水下，药饵绑得结实与否，关系到能否把它顺利塞进鱼嘴里去。她先把鱿鱼头部用羊肠线勒紧，否则喂食管一捅就会把鱿鱼捅破了。然后再塞进多春鱼、猫罐头，最后把鱿鱼的尾部绑紧。

工作间与白鲸池一墙之隔，池里一共有两尾白鲸，它们的叫声有很多种，既会模仿其他鸟类如海鸥的叫声，还会模仿动物甚至轮船的声音，被誉为"海洋中的百灵鸟"。尖锐的叫声是为了与远处的白鲸进行沟通的，但是一刻不停地鸣叫，加上室内多部镭声设备的噪音，一般人肯定受不了，然而贺萌萌和工作人员们早就习以为常。相反，如果哪天工程部停机检修设备，室内一下子安静下来，他们反倒不适应了。

和蔡经江一样，贺萌萌的心态也特别好。师父说常年下水就当冬泳了，徒弟说就当减肥了。每次水下作业，绝不是只有他们两个人在战斗。水下师徒二人有两双眼睛，注意力集中在谁吃谁没吃，都吃了多少；池子外边张艳珍或王彦鹏有一双眼睛，注重观察的是每条鱼咀嚼的时间长短，有没有往外吐小渣子，是否顺利地把食吃进去，等等，因为这些细节都能反映鱼的身体状况。贺萌萌说：我们所有人的付出换来了鱼儿们更健康更欢实，更好地向游客展示国宝的身姿。再累再冷再高危，对身体再有影响，也是特别值得的。

贺萌萌最大的心愿是，希望通过她和鲟鱼馆工作人员的付出和努力，今后不再有小游客指着中华鲟喊"大鲨鱼"，不再有成人在餐桌上向众人炫耀"我曾经吃过中华鲟"了。

第十五章

动物也有抑郁症

　　无论是蔡经江的观察眼神、贺萌萌的去琢磨它们的小心思，还
是张艳珍对其究竟是否抑郁的客观判断、王彦鹏的顺势而为温柔以
对，都是排解中华鲟抑郁情绪的有效措施。可以说，他们都是动物
心理学研究和运用的高手。

　　有关动物——具体到中华鲟——是否也有抑郁症的问题，鲟鱼馆的
工作人员们通过对中华鲟的长期观察和实际接触，有着各自的见解。
　　养殖工程师兼鲟鱼医生张艳珍的感受是，通过多年与中华鲟打交
道，她认为中华鲟是有抑郁倾向的。尤其是像"鲟女王"和"厚福"这
样的野生中华鲟，它们从大自然的放养过渡到人类的圈养，对新的环
境肯定不太适应，加上中华鲟又属于弱势群体。

首先，它的眼睛视力很弱，更多的是靠感官比如一条侧线或者须子来觅食，去辨别前面有无障碍物或围墙之类。其次，不只中华鲟，鲟鱼这种生物都有一个共同点：因为属于背高腹部扁的底栖动物，再加上体形巨大，所以它的灵活性弱一些。当它们碰到某个障碍物时，没有可能要被撞、要掉头这种意识和行为。它只会直着走，不会掉头。所以中华鲟刚到海洋馆时肯定不太适应环境，有可能只会冲着一个方向去游，感觉到有障碍了才去转弯。所以张艳珍最担心的是池子里面的造景或者其他很硬的东西会撞伤它们。

因为视力和灵活性弱，当某尾中华鲟游在两条鱼的中间时，啪的一下被其中一条鱼碰着了，它会瞬间惊游开，向着一个方向猛冲，可能就会撞到某个造景或硬物上。它的这种冲撞不一定是故意的，这可能跟这种大型鱼尤其是底栖鱼的生理结构或者感官有关系。当它遭遇了上述情形，就会感到环境的不适合，导致心情不好，不肯吃东西。张艳珍认为类似于这种情况应该是中华鲟抑郁的表现。

还有一些中华鲟，它有时会贴着池壁狂游。看到这种情景你或许以为它是受到惊吓了，但是如果你细心观察，就会发现它的这种行为很可能更多地出现在吃完食以后。比如消化不良，或者是需要运动一下去舒展它的消化道。这种行为则是属于正常的，与心情无关。

贺萌萌在驯喂中华鲟中渐渐发现，它应该也是有记忆的，比如第一次喂它的时候它还没反应过来，饲养员趁机啪的一下就把食物给它塞进嘴里去了。第二次再想给它塞喂时，它就会回忆起前一次的经历："哎呀，她又来塞我了！"然后开始快游或者紧贴池壁不让你靠近它的嘴部。

王彦鹏谈起刚开始接触中华鲟的时候，蔡经江就教他说你得看它的眼神，因为每条鲟鱼的眼神都是不一样的。当时他有点不太理解，中华鲟眼睛那么小，哪还看得出它的眼神呢？但真正细心观察之后发现，它们的眼神还真的会有变化。

比如在给某尾中华鲟注射的过程中，你拿着注射器去接近它要给它打针的时候，它的眼神中就会立刻透出紧张。如果你也表现得很紧张，想着我该给你打针了你可别跑啊。如此一来，你的心跳和你游过去要打针的这些动作，它都会感知到，所以才会出现它游速加快、逃逸等等情况。

也有一些对你"不屑一顾"的鱼，比如"厚福"就比较好驯养。因为它的体形大，对你的动作不太敏感。在它的眼中，你是"小型动物"，它是庞然大物。因为它比你大，大型动物肯定不把你这个小型动物放在眼里。因为你太小，对它造成不了伤害。但是越小型的鱼，面对相对体形比它大的人，可能会觉得你是强者，我是弱者，所以它会对你更紧张，更容易应激，从而出现一些逃逸的表现。

针对上述情况要顺势而为。因为中华鲟是按照一定的路线进行游动的，在海洋馆这样的固定池子里，它的绕游也有一定的路线，在潜水员水下作业的时候，要掌握它的路线。在它的路线上，等待它游过来之后再对它实施塞喂或者治疗。否则它会反应激烈掉头就走，改变绕游路线。针对这个特点，我们要相应地采取一些更温柔的手法进行操作。

蔡经江针对平日给中华鲟做体检采用的引导式捕捞，还设计了各式各样的捕捞道具。目的就是如何在不惊吓和不伤害到它们的前提之下，全程在一个最少干扰的状况之下，能够把它们捕捞到医疗台上做体检或医疗。

鲟鱼部经理杨道明凭借多年经验，对中华鲟有无抑郁症做了详尽科学的阐述。比如说像初来海洋馆的野生中华鲟出现沉在水底一动不动或来回郁郁游动的刻板行为，可以看作是动物抑郁症或抑郁倾向的表现。有两种情况会造成这个状况，一是外界环境的改变对它会造成很大的影响，它在人工圈养的环境当中感觉害怕，对环境不信任，没有安全感。还有其他鱼类的鸣叫带来的噪音也会产生振动波，让它以为天要塌下来了。它可能会用一个很单纯的直觉判断，这个环境对它有一种压迫感。这种压迫感一旦产生，就会引发它拒食甚至焦躁，出现抑郁症状。所以，在中华鲟进馆之后要突破的第一关就是驯养阶段。在这个阶段，最关键的是帮助它对环境尽快适应。因为只有它的情绪稳定下来了，才愿意去进食。

还有一种抑郁情绪源于中华鲟的身体，有些鱼当身体有一些不舒服或有暗疾时很快就会表征出来。首先是拒食，其实这是一种正常的生理反应。在自然界中，老年或者生病的中华鲟往往会有自我毁灭倾向，表现是离群或者只是远远跟着大部队。实际这个时候它已经在自我放弃了。结果，鱼群一旦受到攻击时，健康的鱼都跑光了，留下的一些老弱病残鱼或被攻击者吃掉或被咬死了。

在大型水利工程刚建完的时候，有些中华鲟会直接撞坝，直到把自己撞死为止。用科学的维度解释，它的生物神经导航系统会告诉它，一定要冲过这道墙才能活。因为中华鲟想要越过大坝到上游的金沙江产卵，"先遣部队"的成员认为只要我把坝撞倒了，所有家人就都能过去了。还有一种不厚道的说法是，这些中华鲟一根筋，明知行不通还要硬撞。从生物学上讲，这其实是一种群体效应，相当于人的从众效应。当"先遣部队"的中华鲟一旦发起冲击的时候，从众效应导致后面的"大部队"盲目地跟着冲。

抑郁症不是人类的专属，因为很多圈养的动物也会得"抑郁症"。

在野生动物园内，如果游客细心观察，不难看到这样的场景：有些动物沿着固定的路线踱步，来回走动，摇头晃脑甚至原地转圈。也许你曾经认为，这是圈养以后的正常现象，但实际上，这在专业术语上叫作"刻板行为"。

众所周知，野生动物最大的特点就是"野性"和"自然"，与环境融为一体，无拘无束地生活，但从野外环境转移到人造的圈养空间，加上有些圈养空间的条件有限，动物的生活习性也会改变。有些动物适应得不好，就会出现异常、重复、没有任何功能作用的"刻板行为"。

研究表明，刻板行为可以分成三类：重复出现口部相关动作，重复相同路径运动，高频率单调行为。例如圈养的大象来回摆动头部，圈养的老虎则在圈舍内反复踱步，鲸豚类动物毫无生气地浮在水面上或用身体撞击墙壁，或在水池内不停绕圈游动等。

从学术研究上来看，动物保护专家对于动物产生刻板行为的病因还有一些争议，但普遍认为这可能是由狭小的生活空间、较低的环境丰富度、人为环境的干扰和动物本身生活环境被破坏造成的。尤其是在单调、受限的圈养环境当中，刻板行为更容易出现，这其中以熊科动物的表现最为明显。以棕熊为例，在野生环境当中，领地范围大的可以达到700—1000平方公里，小的也有20—40平方公里，但一般动物园给棕熊的活动范围最多只有几百平方米，完全无法与野生环境相提并论。因此，游客们在动物园中，经常可以看到熊科动物出现反复绕圈踱步、舔手指或者双腿站立期盼食物的现象。

就连国宝大熊猫也出现过"刻板行为"。有的大熊猫曾被观察到口角处出现白色泡沫，被认为是机械性重复空嚼、玩舌头等刻板行为引起的，这与它狭小封闭的饲养环境有很大关系。还有的大熊猫短时间内就出现了数百次的甩头动作，还有吐舌头等现象，都是典型的刻板行为表现。

海洋馆里的海豹、海狮、海豚等虽然给无数游客尤其是小朋友们带来欢乐，甚至可以辅助治疗儿童自闭症。但是，它们也有不开心的时候，也会闹一些小情绪。比如在做表演时，不按驯养员的指令做动作，有时甚至掉头往回跑。

专家还指出，刻板行为是动物承受了巨大压力并且无法排解所造成的心理和行为问题，是衡量动物是否存在急性压力的指标。如果不加以解决，会导致慢性行为问题，后果难以预料。

其实不仅仅是动物园内的动物，就连家养宠物，甚至是学龄前儿童，也会因环境问题出现刻板行为。例如宠物猫在外界环境变化较大，或者生活环境过于狭小时，会出现过度舔毛的现象；把学龄前儿童关在房间中，他们可能会出现玩手、抠指甲等行为。

好在刻板行为并非不可逆，近年来随着动物福利概念的提出，越来越多的动物园开始认识到刻板行为给动物带来的危害。工作人员尝试利用多种方法，努力提高圈养动物的生存质量与生存环境。

如何避免刻板行为？最为简单的办法就是"丰容"。"丰容"是动物园的专业名词，简单理解就是环境丰富化，模拟自然环境，增加环境复杂性并增加感官刺激效果，最终达到复刻动物在野外的生态样貌的目的。

以前，人们认为思维活动是人类所独有的，并将其划分为"基本情绪"和"复合情绪"。"基本情绪"是人和动物共有的，主要是与生俱来的喜怒哀惧等等。"复合情绪"是由基本情绪的不同组合派生出来的，例如悲喜交加、敌意、焦虑、抑郁等。以前，没有多少人认为动物会有"复合情绪"。但是，科学家通过做实验得出了不同的结论。他们对那些情绪低落、背毛粗乱、眼光游离，进食又很少，总是喜欢自己独处的小鼠，用了一些抗抑郁的药物。用完之后发现有效果，从而成为通过科学实验得出的依据。

因为动物不会诉求，它有没有患上抑郁症或是否有抑郁倾向，只是单纯通过人的肉眼来观察，很有可能只是你的主观判断，不一定是客观存在。所以需要用实验来解决，判断它可能是患了抑郁症，就给它用一下抗抑郁症的药看看会不会有反应。用药之后小鼠的状况得到了明显改善，动物学家于是得出结论，动物也会有抑郁症或抑郁情绪的存在。

就水生动物而言，比如中华鲟，有人观察到它也有抑郁的可能性。起因判断也是从人类的观点出发，认为周围环境的改变可能导致其不适应。海洋馆的展缸再大，空间也是相对的，和自然界的浩瀚无垠根本不具可比性。因为环境的突然改变，导致它在新的环境中产生一种抑郁的倾向，其表现为精神沉郁低迷，摆尾频率和游泳速度显著下降以及拒食等。虽然"鲟女王"和"厚福"在被误捕后多日甚至将近一年未进食了，但是，对环境变化和对人的恐惧，导致它"不肯为五斗米折腰"。

为此，鲟鱼馆的工作人员可谓个个绞尽了脑汁。如前所述，对于中华鲟的异常表现，无论是蔡经江的观察眼神、贺萌萌的去琢磨它们的小心思，还是张艳珍对其究竟是否抑郁的客观判断、王彦鹏的顺势而为温柔以对，都是排解中华鲟抑郁情绪的有效措施。可以说，他们都是动物心理学研究和运用的高手。

第十六章

中华后继有"鲟"

　　渔民在坝下放网，结果网把杜浩他们乘坐的监测中华鲟的快艇缠住了，快艇里进了水。幸亏快艇有一个防水隔板设计，即使进水了也不会沉，否则也许就是第二条"泰坦尼克"号了。

　　中国水产科学研究院长江水产研究所研究员杜浩，现任长江所淡水生物技术研究室主任。他自 2002 年起师从危起伟导师读硕士，因此和中华鲟结缘。3 年后毕业，继续留在长江所。提到中华鲟，他仍然记得第一次在大型水利工程坝下见到近 4 米长、300 多公斤的中华鲟的情景，当年还是一脸书卷气的杜浩从未想到长江中还有这么巨大的鱼类，感觉非常震撼："就是因为多看了你一眼，此后寒来暑往便围绕着你打转。"

危起伟为培养锻炼年轻人，坝下中华鲟自然繁殖监测、捕捞野生中华鲟从中挑选可用于繁殖的亲鲟等任务，便落在了入职不久的杜浩等人身上。当时，每年申请捕捞中华鲟用于繁育放流和科研实验的机构，除长江所外，还有某集团中华鲟研究所。在渔政现场监管下，捕捞上来的亲鲟轮流由两个单位选择，而且分配使用雄鱼的精液。因为雌性中华鲟性腺发育成熟度、精液的分配量等对于繁殖成功率至关重要，在双方选鱼和分配的过程中难免出现竞争。一次，在分配雄鱼精液的过程中，因为指出对方分配不均，杜浩差点儿被其中两个急眼的家伙暴揍。幸亏危起伟及时赶到，阻住了对手已经挥起的拳头。

中华鲟繁殖和育苗可不是件容易的事。将野外捕捞的亲鱼运回基地后，要在繁殖基地进行暂养，经检查卵子达到最佳成熟度时才能进行人工催产。根据鱼体发育成熟情况及个体大小不同，控制催产针剂剂量和效应时间，一般都要经过 24 至 36 小时的等待，方可进行卵子或精液的采集。

现在比较成熟的采卵方法是采用腹部挤压法。一般是 6 至 8 人一起将待产的中华鲟抬出水面，鱼体侧躺在产床上，靠头部供水保持其正常呼吸。其中两人规律性挤压鱼腹两侧，使鱼体排出卵子，盛在消毒后的容器中，避光保存。腹部挤压的力度和节律把握决定了中华鲟卵排空率以及对亲鲟的损伤。

在对亲鲟采取腹部挤压法之前，曾经采用过剖腹取卵法，即将中华鲟腹部剖开采集卵子，雌鱼在采卵后往往会死亡。改用腹部挤压法之后，如果挤压力度太大或者把握时机不对，也会导致亲鲟停止呼吸。成功获得精液和卵子后，采用搅拌的方法人工授精，使成熟的精子和卵子充分接触，然后加入水激活精子。完成授精过程，成功获得了受精卵。受精卵在 45 分钟之内会产生大量黏液，必须经过脱黏之后，才能放入孵化器孵化，否则成团的卵黏附在一起，很快就会因为缺氧而死亡。

中华鲟受精卵向胚胎发育过程中要经过卵裂期、囊胚期、大小卵黄栓塞期、原肠胚期、神经胚期到胚胎扭动期，再破膜而出变成小鱼苗，这一过程一般需要经过 5 至 7 天时间。这几天中，要全程对水质、水温进行控制，稍有不慎就会导致胚胎发育停止，造成出苗率很低。其间，杜浩和同事们都要昼夜监护。

刚出膜的小鱼身体腹部有一个巨大的卵黄囊，可以供给其营养。1 周后，当卵黄囊的能量消耗完后，要进行人工投喂。一开始喂水蚯蚓等天然饵料，再经过一段时间后可进行人工饲料的驯化。幼小中华鲟的成长离不开精心呵护，直到它们被放归长江。

杜浩入职后接受的第一个挑战，是和日本年轻学者渡边博士共同进行中华鲟江中游泳行为研究。让同事们感觉奇怪的是，渡边的日式英语大家听上去都感觉别扭，但杜浩和他交流起来居然毫无障碍。2006 年，他们初步将一种新型脱离式数据记录仪安装在野生中华鲟身上。由于爆破装置的失败和跟踪失效，一开始实验的 5 个数据记录仪不慎丢失了 3 个，昂贵的仪器费用加上数据损失，让几位年轻人一度垂头丧气。

2007 年重复实验中，他们重新打起精神，格外小心谨慎，采用三重标志的方式，解决了数据记录仪脱落后的跟踪回收问题，并据此详细记录了野生和养殖中华鲟在江中上浮和下潜中的行为参数，首次阐明了中华鲟周期上浮水面的行为及生理机制。同时终于发现了船舶螺旋桨是导致野生中华鲟背部、头部受伤甚至意外死亡的原因，为中华鲟保护区的航线管控提供了决策参考。

大型水利工程坝下是中华鲟现存唯一的自然产卵场，长江所通过江底采集中华鲟卵、食卵鱼等方式，基本掌握了中华鲟自然繁殖发生的区域。然而，中华鲟产卵场到底是什么样，中华鲟受精卵究竟如何分布，却无人知晓。抱着试探的心情，在和日本学者交流中，杜浩提出了用水下摄像机揭开中华鲟产卵场面纱的想法。然而，对于长江这种水流湍急、水体透明度有限的环境，慢说是摄像机，一般的船舶在激流中停留都存在很大的问题。说试就试，杜浩的倔劲儿上来了。经过反复摸索，他们利用锚链把船固定在江中，将摄像机包裹进一个鱼雷形的不锈钢金属罩中，最终解决了抗水流和控制方向的问题。

11月的一天，当杜浩等人将沉入水中20分钟的摄像机回收后，通过视频回放，终于看到了让人激动惊喜的一幕——他们首次观察到中华鲟的卵黏附在石头缝隙中，成团、成排地散布在卵石河床上，中华鲟的自然产卵床第一次展现在人们面前。在之后的不断尝试中，他们获得了坝下中华鲟受精卵散布规律和幼苗孵出的第一手资料，水下视频监测手段也成为中华鲟自然繁殖的一种监测方法。在随后的研究中，他们成功观察到三峡清水下泄过程中，中华鲟产卵场河床质结构和分布的变迁规律，提出了中华鲟产卵场修复的科学建议。

"咚咚、咚咚咚、咚咚咚咚"，超声波跟踪器正发出清脆响亮的声音，这是杜浩等人安装在中华鲟身上的标记发出的声音。通过这声音，可以识别他们乘坐的快艇前方的中华鲟编码是"234"，是他们从坝下捕获的体重达300公斤的中华鲟。这种老式的超声波标记经追踪器分析放大后，可以用耳朵去听编码，比如，停一下打三下，停一下打两下，再停一下打一下，就是"321"，如同接收发报器。这种旧标记还没有记录功能，在坝下跟着鱼走，频率锁定69千赫，水面上有接收仪，把听筒绑在船下面。由于船的速度太慢，跟不上中华鲟的游速，他们全神贯注地听着信号，生怕信号瞬间如泥牛入海，杳无音讯。

正听着听着，突然，杜浩身体一倾，差点儿掉到江中。原来是渔民在坝下放的渔网把他们乘坐的监测中华鲟的快艇螺旋桨缠住了，失去动力的快艇出现侧翻，里面全部进了水。幸亏快艇有一个防水隔板设计，即使进水了也不会沉，否则也许就是第二条"泰坦尼克"号了。这是 1997 年前使用的超声波监测跟踪系统，已经老旧了。后来，杜浩购买了新型的固定监测钻，把监测钻放入水中，这样就能够自动对放流的中华鲟做记录了。

跟踪监测中华鲟过程中，还出现过惊心动魄的一幕。冬季的某天清晨，杜浩和几名同事一起乘快艇出航监测。一名实习生到船头放固定监测钻时，脚下一滑，扑通一声落入水中。不会水的他一边大声呼喊"救命啊"，一边在水里拼命挣扎。

因为当时船上其他人都在各自忙碌，谁也没有发现这名实习生落水了。幸好有几位冬泳爱好者发现了他，七手八脚把他救上了岸。命虽然保住了，但经过这次历险，这名实习生心理有了阴影，以至于他跟踪中华鲟的毕业论文都没来得及完成便结束了实习。虽然人离开了，但本着对他负责到底的精神，杜浩等人还是为他的论文补充了数据，帮助他完成了学业。

尽管对于增殖放流中华鲟的跟踪监测充满风险与挑战，杜浩依然乐观地预测到了这项事业的前景："中华鲟是真正的'少小离家老大回'，但是经过科研人员的不懈努力，中华鲟的人工保种和繁育规模逐渐加大，避免了中华鲟灭绝的命运。中华后继有'鲟'，也有守护它们的一代又一代热血青年。随着长江'十年禁渔'等保护政策的实施、增殖放流规模的加强，中华鲟野外种群逐渐恢复，在长江自然繁衍生息的壮景必将再现。"

2008 年，国家有关部门做出了一项影响中华鲟命运的重大决策，即全面禁止中华鲟捕捞。通过捕捞野生中华鲟进行人工繁殖放流来补充中华鲟资源的途径中断了，唯一可行的办法就是让人工养殖的中华鲟尽快成熟后繁育。于是，中华鲟全人工繁殖技术攻关摆在了长江所科研人员面前。

长江所有规模地开展人工养殖中华鲟是从 1997 年开始的。到 2008 年，养殖的第一批亲鲟年龄最大的在 10 龄左右，而中华鲟性成熟年龄普遍在 14 龄以上。因此，如何实现人工养殖的中华鲟快速生长发育成熟并跟踪监测性腺发育成熟度，成为中华鲟全人工繁殖技术突破的关键。

2009 年，某研究所报道，初步实现中华鲟全人工繁殖的成功。这一消息使得长江所的新老专家为之汗颜。然而，中华鲟全人工繁殖的规模化繁育并没有真正突破。在随后的几年中，中华鲟全人工繁殖获苗不足 1 万尾。伴随着内外双重压力，从第二年起，杜浩根据课题组研究需要，将工作重心由野外科研监测回归到实验室内的人工繁殖技术攻关上来。

之后的两年内，杜浩在黑暗中摸索，首先把目光转向中华鲟性腺无损伤探测技术。以前，中华鲟性腺发育好坏的监测，通常是在鱼体侧腹部切开一个小口，用采卵器把卵采出，根据卵子发育情况判断能否繁殖。最开始，杜浩等人也采用这种办法。然而，经过仔细跟踪观察，这种挖卵监测的方式最终导致了中华鲟性腺发育的退化。因此，建立无损伤性腺成熟度判别技术，成为杜浩攻关的重点。

通过连续多年对 200 余尾中华鲟的跟踪监测，杜浩借鉴人类胚胎

B 超观测技术，解决了中华鲟性别鉴定和性腺发育成熟度鉴别的难题。

在跟踪监测基础上，杜浩等人通过利用生态调控，成功诱导一对雌鲟和雄鲟同步发育并产卵受精，首次成功实现繁育出苗 3.8 万尾，打破了全人工繁殖的规模纪录，终于在中华鲟全人工繁殖技术方面实现了反超。

在随后的研究中，杜浩还带领队伍实现了海洋馆恒温环境下的中华鲟产卵。这一突破，为他在日后协助海洋馆，为性腺发育成熟的母体中华鲟成功催产排卵奠定了基础。

然而，中华鲟野外群体的状况每况愈下，2013 年，坝下中华鲟第一次停止了自然繁殖，这是 40 余年来中华鲟首次繁殖中断；2015 年，中华鲟野外自然繁殖活动再次中断；2017 年至 2020 年，又连续中断了 3 年。这一切预示着中华鲟野外种群正濒临灭绝，如果不采取行动，中华鲟将面临野外消失的命运。在危起伟的带领下，杜浩等从事濒危水生动物保护的研究团队紧急起草了《中华鲟拯救行动计划》。该草案获得了有关部委的采纳与发布，成立了"中华鲟保护救助联盟"，开启了中华鲟保护的新征程。

围绕着拯救中华鲟，一个念头在杜浩脑海中诞生——能否通过人造产卵场实现中华鲟的野外繁殖？他将目光转向了中华鲟的"弟弟"长江鲟。长江鲟又称达氏鲟，是一种定居于长江上游的特有鱼类，同样是鲟科鲟属鱼类，国家一级保护动物。非专业人士甚至根本看不出它与中华鲟的外表差异，只是由于长江鲟没有中华鲟那样"高富帅"，其资源保护一直未得到重视。其实，长江鲟野外生存状况比中华鲟更糟糕，它们在 2000 年以后再也没有在野外自然繁殖过，目前资源几乎完全消失。所幸，一位喜爱野生动物的人士收留并保存了一批长江鲟原种。随着人工繁殖技术的突破，人工保种规模逐渐扩大，避免了这一物种的灭绝。

杜浩之所以将目光转向长江鲟，是因为它个体小，性成熟早，人工保种规模大，可实验的对象多。如果长江鲟能够实现野外自然繁殖行为的重建，那么中华鲟的野外自然繁殖就有了恢复希望。他带领学生在一个长14米、宽7米的椭圆形池子中模拟构建产卵场，池子的一半铺上采自长江中的鹅卵石，用变频泵营造水流，在充分试验调控后，选择性腺成熟的雌雄长江鲟各5尾，昼夜看护，观察它们究竟喜欢什么样的环境。

通过5天的实验，某日清晨，有学生发现鹅卵石黏附着类似卵的东西。原来，长江鲟成功在池子中自发交配产卵了！这绝对是个奇迹，是国际上在鲟形目鱼类中首次在无人工催产剂作用下，通过环境诱导实现鲟鱼自然繁殖。之后，他们在湖北荆州、四川宜宾等地，每年均实现了长江鲟的模拟产卵场的自然交配产卵。2012年至2015年，实现了长江鲟子二代规模化全人工繁殖，繁殖能力突破每年50万尾。

2018年，杜浩等人参与起草的《长江鲟（达氏鲟）拯救行动计划》获得了国家有关部门的论证并正式启动。第二年5月某日上午，在长江水生生物保护宣传活动启动仪式上，300多尾长江鲟亲鲟和10万余尾长江鲟幼鱼被放归长江。后期的监测表明，放流的不同规格的长江鲟，无论是在丰水期还是枯水期，都能看出它们已适应长江的生态环境。

2019年至2020年，放流的长江鲟亲鱼和幼鱼在长江上游被误捕、游钓捕获的记录日益增多。长江上游巡护队反馈的信息显示，它们的健康状况良好，90％左右的鱼都有体长和体重的增长，说明放流的长江鲟在野外生存状态良好。这项实验的成功，不仅让长江鲟野外种群重建成为可能，而且也为中华鲟野外资源修复带来了希望。

实现中华鲟野外种群重建，中华鲟自然栖息地保护至关重要。传统的行为学观测，需要耗费大量的时间和精力。杜浩有一位师弟，天赋异禀而且非常用功。为了搞清楚中华鲟等幼鱼对水流和河床质的行为偏好，他开始硕士和博士阶段的连续攻关。从各种实验水槽的制作，到行为学方法测试验证，再到中华鲟野外自然栖息地的调查与行为偏好等，一投入就是整整 6 年时间，而且总能自己摸索出各种实验方案。终于到了实验数据发表时，却由于存在缺乏国际上通用的先进模型应用以及实验数据前期设计的缺陷，导致研究论文发表遇到障碍甚至不能通过，意味着他博士毕业都成问题。

伴随着极度的焦虑，师弟奔赴黑龙江进行现场野外调查。由于长时间乘车、连续熬夜处理分析数据等，他终因感冒发烧病倒，并盲目服用了一种感冒药。结果，意外发生了！师弟出现了幻觉，当他从野外返回到实验基地时，已不能认清杜浩和周围其他的同学，包括和他一起在课题组读硕士研究生的女友。

在师弟被送入武汉某精神病院后，杜浩和同事们轮流到医院去陪他。师弟时而谈论中华鲟喜好什么样的环境，时而又提及还有外星人的存在。看到一个原本聪明又勤奋的小伙儿突然变成了这样的状态，杜浩和课题组的同行们都沉浸在巨大的悲痛和无限惋惜之中。师弟的女友无数次不停地哭泣，同时又一声声真切地呼唤，希望唤醒男友的记忆。

经过大半年的治疗，师弟的病情终于得到了控制，但是以前澄澈聪慧的目光变得浑浊呆滞，让杜浩等人不由得担忧他今后的人生将如何度过。所幸情况最终有了重大转机，又经过大约一年的治疗，师弟逐渐恢复了往日的状态，他修改后的论文也得以发表，并顺利地取得了博士学位。

回想师弟走过的坎坷路途，杜浩不无感慨：是中华鲟创造了师弟和女友的经典爱情故事。在师弟选择主攻中华鲟研究后，他的女友毅然决定随他加入到中华鲟保护的研究中；师弟生病过程中，女友顶住了家人的反对，对他不离不弃，终于用爱唤醒了他的记忆。师弟和女友结婚后，一起到贵州工作生活，还生了两个可爱的宝宝。2019年，夫妻二人带着孩子再次回到荆州太湖中华鲟实验基地时，不禁百感交集相拥而泣。他们给尚年幼的孩子讲述中华鲟的故事，也许孩子现在还不明白，但是终有一天会知道，他们的父母为拯救中华鲟所付出的一切。

熊伟是在1999年长江所荆州太湖中华鲟实验基地开工时入职，一直做到今天的老员工，入职时年仅18岁。21年来，熊伟在基地所从事的工作主要是繁育和饲养，相当于中华鲟的全职保姆。可以说，他是长江所从开工到现在逐步发展壮大的亲历者和见证人。

最初，实验场繁育中华鲟的来源主要是长江的野生亲本，即用鱼罐车将从坝下发现的母体中华鲟运到荆州基地取卵受精后做人工繁殖。但是，产后的中华鲟不肯开口进食。直到2005年长江所与海洋馆合作后，终于解决了产后亲鱼摄食难的问题。

受精后的鱼卵要保持水温18℃，经过120个小时才能孵出幼苗。而且没有受精的鱼卵会长水霉，如果没有人看守，会导致受精卵也一起发霉。所以，要把霉掉的卵一粒粒挑出并清理掉。这是一项非常耗时又繁琐的工作，需要24小时看守操作。

实验场最初用于养殖鱼苗的小池子有147个，还有4个亲鱼池、4个催产池。随着养殖条件的逐渐改善，现在，增加了直径38米的大型中华鲟亲鱼养殖池和直径 33 米的长江鲟亲鱼养殖池各 1 个，用于养殖为繁殖做准备的中华鲟和长江鲟；占地面积 3600 平方米的繁育车间 1 个，用于养殖繁育后的中华鲟和长江鲟；直径 66 米、面积 2300 平方米的中华鲟巡游池 1 个；800 平方米的幼鱼泳道 1 条。

目前，实验场人工养殖的中华鲟年产 10 厘米幼苗达 10 余万尾，拥有从 2015 年到 2020 年不同年份的子一代和子二代。10 龄以上中华鲟已达 300 余尾，是国内最大规模的人工繁育中华鲟群体，形成了后备亲鱼梯队。现在人工养殖的千尾中华鲟共有 20 个年龄段，最大的 24 岁。

除为综合生态补偿自发放流之外，所里每年还要参加从省、市到地方组织的增殖放流活动。有体长从十几厘米到上百厘米不等的中华鲟，也有年均放流 100 万尾以上的幼苗，至今已放流达 700 余万尾。旨在不断扩大种群规模，为补充中华鲟野外资源、重建自然繁殖提供了保障。

熊伟之所以能够一直坚持下来做这件事，完全是出于对中华鲟的热爱。一尾尾中华鲟在他手中从孵化出幼鱼到一天天养大，个中辛苦和欢愉，伴随他从风华正茂的青年步入成熟丰稔的中年。虽然他家在荆州，但是由于繁育工作的特殊要求，他大部分时间住在基地。老人的照料、儿子的教育等所有繁重的家务事，全部由他爱人担了起来。

在因新冠肺炎疫情[1]导致"封城"的 63 天里，熊伟一直在荆州基地值守，确保鲟鱼安全。其间，8000 立方米的养殖池电器设备出了故障，

1　新冠肺炎疫情：指新型冠状病毒肺炎暴发后的流行与发展情况。2020 年新冠肺炎疫情的暴发给全球人民生命安全带来严重威胁，深化了我们对国家治理、国际合作及国际格局变化的理解。抗击疫情需要世界各国积极合作，在疫苗研发、医疗物资、防控经验等方面相互交流，共同构建人类卫生健康共同体。

需要立即排除，但是由于当时路被封了，无法联系上设备供应商买到配件。这让熊伟心急如焚！因为故障不及时排除，养殖池里的120尾中华鲟亲鱼，就会因缺氧和水质发生变化受到生命威胁。

"鲟"命关天！熊伟火速向基地负责人反映了这一险情，领导立即想办法，通过当地防疫部门为他开了通行证。尽管联系上了设备供应商，但是新的问题又来了：对方开不出通行证，去不了仓库。无奈之下，熊伟从设备供应商那里拿了钥匙，自己跑到仓库里去，通过微信视频和供应商互动，终于找到了配件。

更换电器设备的时候，更棘手的问题又摆在了熊伟的面前。专业的电工不在基地，熊伟只能又通过视频，让电工教他怎么更换设备。一步步跟着视频比对着，将一根根令人眼花缭乱的线路接通，最终他硬是凭着急中生智，自己把设备更换了。

从通过防疫部门开通行证，到找到设备供应商，再到去仓库找配件，回到基地自己学着安装配件，整个过程前后三四天，熊伟忙得如飞速旋转的陀螺，当时脑子里只有一个信念：与时间赛跑，不能让中华鲟宝贝有任何闪失！

在维修设备期间，为了确保养殖池里的中华鲟不出问题，熊伟在池子里加了临时性的增氧设备和水质净化设备。当看到120尾亲鱼全部安然无恙，在池中悠然游弋时，他如同经历了一场大考，终于长长地舒了一口气。

第十七章

鲟情绵绵

此时此刻，班璇终于明白，在她所乘坐的这艘考察船下游动着的中华鲟，已经成为她的心之所系了。

班璇是土生土长的武汉姑娘。1981 年出生的她，从小住在长江边上，推开窗就是长江，喝着长江水并吃着"母亲河"灌溉的稻米长大。在班璇的记忆中，儿时的她经常跟着父亲去江边游泳，和小伙伴们在江边嬉戏玩水。那时候，她经常在江边的沙滩上捡拾五彩斑斓的贝壳，看江边的垂钓者钓起江里活蹦乱跳的鱼儿。有时候，垂钓者还会送她几条鱼带回家。在长江的陪伴下，2004 年，班璇快乐地成长为武汉大学水利水电学院的一名研究生。自此，她的未来注定和长江中陪伴她长大的鱼儿结下不解之缘。

师从导师李大美，班璇开始了生态水力学的研究。这门学科属于生物学与工程学的交叉学科，研究水域生态系统在人类干扰条件下内在的变化机理和规律，以及水生生物对环境改变的敏感性、选择性和适应性，寻求水域生态系统的恢复、重建和保护对策。李大美带领她做的第一个项目就是国家自然基金重大项目——《大型水利工程对长江流域重要生物资源的长期生态效应》。"重要生物"指的是什么呢？班璇心中充满了疑惑和好奇。导师告诉她，这个"重要生物"就是中华鲟。班璇头一次听说中华鲟这种鱼类，立马搜寻资料，得知了它名字的由来。原来，从小陪伴她长大的"母亲河"里，除了有"微笑天使"江豚，还有中华鲟这种古老美丽、充满灵性的生物，而且自己的研究还与它息息相关啊！

2005年，对班璇来说是记忆非常深刻的一年。一个秋日的清晨，李大美带她去中国水产科学研究院长江水产研究所的荆州太湖中华鲟实验基地调研。马上就有机会亲眼见到中华鲟这一神奇的生灵了，班璇抑制不住地兴奋。当时危起伟临时有事，委派他的学生杜浩接待了李大美、班璇师生二人。虽然那时杜浩已经是长江所的助理研究员了，但是在班璇看来，他还是一身书卷气的学生模样，要称呼他老师还挺别扭的。于是，班璇悄悄地问他，可不可以叫他"师兄"？结果这样一直称呼到了今天。

杜浩带着李大美、班璇去了太湖中华鲟实验基地，那里有无数个大大小小的圆形鱼池，远望过去，池子里偶尔会溅起好大的水花。他们来到最大的池边，杜浩说这里面养着的是刚从长江里捕捞回来的野生中华鲟，体重300公斤，体长达3.5米。说着话时，就见水中游来一个巨大的身影，一条长长的、凹凸有致的黑色硬脊露出水面。

"哇！这么大！"班璇不由得惊呼道。

也许是班璇的呼叫声引起了中华鲟的好奇心，它突然把头扬出了水面。班璇这次看得非常清晰：它有着宽厚的、微微翘起的吻，如宝石般透亮的黑眼珠，背部和腹部的两侧有凸起的骨板，像一个穿着铠甲的武士。在与中华鲟对望的那一刻，班璇瞬间被它深邃的眼神和威武的身姿深深吸引。中华鲟凝视着她，仿佛也在等待，希望向她讲述一个古老的传说……那一刻，班璇脑海中突然萌生了一个念头——如果能把中华鲟作为自己的研究对象，为这美丽的生灵做出一点贡献，该是多么幸运啊！

杜浩的讲解把班璇从沉思中拉回到现实。他说，长江中还有比这更大更威武的中华鲟，他去年就见到了体长超过 4 米、重达 400 多公斤的中华鲟！中华鲟和人类一样，成熟期很长，要成长到 14 岁至 26 岁才会生宝宝。目前由于种种原因，野生中华鲟的数量急剧下降，这个中华鲟实验基地的创建目的就是做人工繁育保种，通过增殖放流补充资源。

听到这里，班璇一下子崇拜上了这位师兄："你们真是太伟大了！中华鲟有这么长的生长周期，实现它的人工繁殖几乎要耗尽一代人的青春啊！师兄，我也想为保护这美丽奇特的生灵尽一点自己的力量。"杜浩说："那当然欢迎呀，中华鲟有你们这些美丽的天使保护，一定很开心！不过你要小心，当你爱上中华鲟后，可能就会觉得这条保护之路实在是太崎岖漫长了。无论如何，我们期待你的加入！"

这次荆州太湖之行，让班璇立下了接近中华鲟的志愿。回校以后，李大美真的将中华鲟产卵场生态水力学的研究课题交给了班璇。这次如愿以偿来得太突然，她竟一时不知从何处下手。中华鲟的产卵场究竟什么样？栖息地模型该如何构建？她查阅大量文献，收集资料，发现由于生态水力学这个交叉学科在国际上都属于非常前沿的学科，国外的研究实例大多以溪流中的小鱼为对象，国内几乎找不到可以借鉴的实例，对于长江中的巨型鱼类，国内外更是没有先例可参考。导师只是给班璇指引了一个大的研究方向，要她把中华鲟的生活习性和其野外栖息地的生境特征结合起来研究，但具体要运用什么方法，班璇只能自己摸索。

眼看临近毕业了，班璇的硕士毕业论文还没有十分明确的思路和方案。她当时心里一片迷茫，也理解了当初杜浩那句话的含意。这条路的确太艰难了，她甚至一度萌生放弃中华鲟研究的想法。然而，第二年，一个契机让情况有了转机。

2006 年，又是一个晴朗的秋日。因李大美与危起伟合作项目之需，班璇被派去参与长江宜昌大坝下中华鲟的野外考察。又要见到那可爱的鱼儿了——"它们会不会启发我新的研究灵感呢？"带着这一期待，班璇登上了长江所的野外考察船。让她喜出望外的是，在船上再次邂逅了"师兄"杜浩，这次他作为野外考察的负责人，组织和协调对中华鲟整个产卵期的观测。杜浩也很开心再见到班璇，第一天就带她参观了考察船，详细地给她讲解了他们在野外考察中要做的工作——需要通过鱼探仪监测中华鲟在产卵场的栖息分布和资源量；通过多普勒流速仪探测产卵区域的水流状况；通过捕捞与解剖吃下中华鲟卵的铜鱼及其他食卵鱼，推测中华鲟的产卵活动是否发生，再通过捞卵判断中华鲟产卵的具体地点……

整个考察过程要持续两个月，而且吃住都在野外考察船上。虽然很辛苦，但是班璇在与杜浩等人相处的日子里，看到他们始终欢声笑语，洋溢着青春的气息，不由得深深被他们执着的精神感动了。这种野外监测研究对班璇这个搞数值模型的学生来说是那么新奇，引得她每一个动作都跃跃欲试。她用摄像机不停地拍摄，真想把每一点每一滴都定格在镜头里。这次考察给班璇留下的最深刻印象，是她第一次在鱼探仪的探测影像中看到了中华鲟。屏幕上显示的是水体中探测到的鱼儿，远观时，它们是或大或小的彩色斑点，随着距离的缩短，渐渐拉长为巨型的条状，那一定就是中华鲟了！它们不愧是鱼中的王者，游动的姿态是那么优雅，不疾不徐——中华鲟知道，这里是它们的故乡，是它们主宰的王国。

此时此刻，班璇终于明白，在她所乘坐的这艘考察船下游动着的中华鲟，已经成为她的心之所系了。这次参与中华鲟野外考察的机会弥足珍贵，她和自己喜爱的生灵亲密接触，近距离了解与它们相关的方方面面。这一回，不仅仅是当初那种突发的激情，一股不可遏制的探求渴望溢满了班璇心头。

考察船四周挂满了各种监测仪器。一天，班璇看到杜浩蹲在地上摆弄一个鱼雷模样的黑的仪器，不禁有些好奇，便举着摄像机上前问道："师兄，这是什么仪器呀？能解释一下它的用途吗？"杜浩大概没料到班璇会举着个摄像机过来提问，面对镜头的他有些羞涩和紧张，一边说"别拍别拍"，一边又结结巴巴地解释超声波标记接收仪的作用，是用来探测装了超声波跟踪标记的中华鲟的洄游路径。

杜浩的讲解连同他腼腆的笑容一并被摄像机忠实地记录下来。而班璇第一次得知还可以用仪器跟踪中华鲟的游动路径，探索它在长江中的生长奥秘，更是感觉中华鲟充满了神秘的吸引力。比如，整个长江中下游有 2000 多公里长，为何它单单选择大坝下游这不到 10 公里的短短江段作为它的繁殖场所？这里的栖息地环境一定有特别吸引它的地方。它千里迢迢从长江的入海口游到这里，还要在这里待上一年才产卵繁殖，这一年来它的身上又发生了什么故事呢？这些都是班璇想探索研究的问题。她和杜浩聊起研究中华鲟过程中的困惑，师兄开导她说："在人生的旅途中，肯定会遇到这样那样不可避免的困难与挫折。就像我们做野外考察，当时面对各种从国外买回的进口仪器，也是一筹莫展，不知如何操作。后来我们仔细研究这些说明书，又和国外的仪器供应商多次交流，在实践中慢慢摸清了如何操作。所以说，只要坚定信念，就一定能找到解决问题的方法！而且，你有什么困惑，我们也可以帮忙呀。你一定行的，好好做研究吧！"

杜浩的鼓励，加上这次考察经历，使班璇进一步坚定了开展中华鲟研究的信念，并决定继续攻读博士学位，把中华鲟当作自己学术生涯的绝对主角！在之后那几年，她和杜浩多次讨论中华鲟产卵场水生态模型的构建，认为室内养殖与保种固然重要，但像中华鲟这种体形巨大的鱼儿，肯定不想生活在逼仄局促的小空间中，一定会渴望回到生它养它的长江"母亲河"，在那里自由自在地生存栖息，繁衍后代。所以，保护好它们的野外生存栖息地尤为重要。

大坝的蓄水对下游中华鲟产卵场的水文情势影响巨大，中华鲟之前喜好的水流环境可能已经发生了改变，而河床底质也因为蓄水引起的泥沙含量减少和冲刷起了变化。对于这些变化，研究人员不可能每时每刻都进行野外监测，但是通过构建生态水力学中的水生态模型，可以把现实世界中的中华鲟产卵栖息地搬到计算机的虚拟世界中。这样，就可以清楚地看到中华鲟野外产卵场的环境到底发生了什么改变，这些变化对它们的自然繁殖有利还是有害，还可以在此基础上设计出针对中华鲟保护的生态调度方案，以及改善产卵场的生态修复方案。摆在班璇面前的现实困难是，她知道如何模拟中华鲟产卵场的环境，但对如何把中华鲟的繁殖习性与产卵场的环境关联起来，尚茫无头绪。杜浩给她提供了大量中华鲟行为学方面的实验数据和研究成果，并建议她学习国外的先进研究方法。幸运的是，班璇在博士毕业的前一年，终于联系到一位生态水力学领域的资深专家——美国地理调查局野生动物保护署的肯·鲍维教授。他邀请班璇去科罗拉多州的研究中心访学，在那里，鲍维教授手把手地教会了她生态水力学模型的构建方法，并指导她构建了中华鲟产卵场的水生态模型，成功地通过IFIM（河道内流量增量法），将中华鲟的繁殖习性与产卵场的生境状况研究联系起来。

怀着喜悦兴奋的心情，班璇第一时间把这个好消息用越洋电话告诉了杜浩，同时感谢他的鼓励和提供的数据。回国后，她应用学到的研究方法，成功地完成了博士论文《中华鲟产卵栖息地的生态需水量研究》，对中华鲟产卵栖息地的水流环境特征进行了全面的分析，并推测出中华鲟产卵栖息地的最佳生态流量过程，为实施针对中华鲟保护的生态调度提供了科学依据。国际权威期刊发表了这项成果。

班璇的学术研究之路从中华鲟起步。博士毕业的那一天，杜浩与她举杯庆祝："为了我们与中华鲟的缘分，干杯！"班璇激动地对杜浩说："感谢中华鲟搭建的桥梁，让我在生态水力学方面有了一定积累和沉淀，确定了我的研究方向，也要感谢师兄一路走来对我的鼓励和倾力相助！"

班璇执着勤奋的学习态度和她罕见的研究成果，深深打动了她应聘的科研单位负责人。最终，她如愿走进中国的最高学术殿堂——中国科学院精密测量科学与技术创新研究院，继续从事她喜爱的研究。研究对象变得更广泛了，从鱼类扩展到水体中的底栖生物、水生植物等多个物种，但班璇还是对中华鲟情有独钟，而它也一直给班璇带来好运。比如，她负责的《基于三维鱼类栖息地耦合模型的生态流量决策研究》项目顺利地申请到了国家自然科学基金。同时，杜浩主持的《中华鲟自然繁殖及早期胚胎发育河床质适合度研究》项目也申请到国家自然科学基金。他们经常就一些专题进行讨论，互相启发帮助。

2013 年首次开始的中华鲟野外繁殖中断，之后再次连续中断 4 年，已经到了濒临灭绝的境地，对此班璇心急如焚。中华鲟的野外产卵场到底出了什么问题？还有没有修复或在其他地方重建的可能？这些只有通过比对产卵场的历史变迁和现状，才能找到答案。杜浩团队钻研的中华鲟规模化全人工繁殖技术已经获得成功，为中华鲟的人工保种做出了重大贡献。同样把拯救中华鲟作为己任的班璇，如何才能维持住现有产卵场的自然繁殖功能？为此她绞尽脑汁，辗转反侧。就在此时，杜浩来电了："我们再合作申报一个项目，好吗？"

师兄妹共同讨论之后，认为借助数学模型反演历史产卵场的变迁过程，找到制约产卵场的关键生境因子，通过室内模拟自然繁殖和野外亲鲟放归进行产卵场的功能验证，就有可能找到栖息地改造、生态调度等方式，改良现有产卵场环境。在国家自然科学基金申报书最后提交的那一刻，班璇找到了今后研究工作的聚焦点——全力拯救中华鲟这个在地球上存活了亿万年的美丽生灵，恢复中华鲟的野外自然繁衍。这一宏大目标，已然成为她余生奋斗的最大动力。

尽管实现这个目标的路途可能很长、很艰难，但班璇充满信心和干劲。回顾自己的研究历程，班璇发现，中华鲟是一颗可爱的种子，它牵连了很多缘分，成就了她与同行们共同奋发图强的深厚情谊。此生能与中华鲟结缘，是她的幸运。她决意用毕生的精力和才华，为中华鲟重返长江"母亲河"的怀抱尽一份绵薄之力。

满怀激情和梦想，她即兴创作了一首《鲟情绵绵》："亘古亿年生奇鱼，长江风雨凝神力。洄游千里寻归处，波底情思壮海鳞。鲟情绵绵无绝期，自在茫茫险何惧。中华有鲟自有灵，誓与此灵共生息。"

下 篇

只要长江在

第十八章

回归长江

　　蔡经江和另一名同事眼看着曾经朝夕相处的"伙伴"，在江面时而浮出时而沉入。就这样转了两圈后，露出尾巴并拍打水花，像是在向他们告别，随后便沉入了江底。

　　中华鲟是典型的江海洄游性鱼类，每当需要繁育下一代的时候，便会在大海中长途跋涉2000多公里，游回到它们出生的地方——长江上游产卵。每年都会有成熟的中华鲟从大海返回长江产卵，它们自长江入海口一路逆流而上，到达长江上游的金沙江段。夏秋两季，生活在长江口外浅海域的海外中华鲟洄游到长江，更要历经3000多公里的溯流搏击，才能到达金沙江一带产卵繁殖。产后待幼鱼长大到15厘米左右，又携带它们旅居外海。它们就这样世世代代在江河上游出生，在大海里生长。无论游多远，都会遵循古老的基因，在茫茫大海中找到长江口，溯江而上数千公里，完成种群代代延续。正是由于这样执着的"千里寻根"，所以人们才称它为"中华鲟"。

中华鲟们历经千辛万苦到达江河上游的狭窄起源水域，雌雄相互追逐，然后受精产卵。它们洄游的一路上忙着赶路，途中一直不吃食物忍饥挨饿，到达目的地后早已是遍体鳞伤、皮包骨头了。此时，疲惫不堪的母体中华鲟完成了繁殖后代的使命，随水漂流，已经无力与风浪搏斗了，最终被无情的浪头冲撞到礁石滩上，于是多数就死在了那里。它们的儿女虽然产出很多，但幸存卜来的只有1%至2%。这些幸存者在出生地停留一个时期，然后沿着已故父母走过的老路，游向波涛汹涌的大海中。亿万年漫长的岁月，中华鲟一直是这样过来的。正是这种回乡的冲动的本能，使它们的种族得以生存和延续。

2005年至2006年，先后有5尾受伤的野生中华鲟住进了海洋馆疗养。其中一尾28号，是2004年底在洄游途中于大型水利工程下游宜昌江段受伤被救护。2005年4月被送到海洋馆时非常瘦弱，体重仅150公斤。海洋馆专门为鲟鱼馆划拨了特殊饵料费，可自行去海鲜市场采买鲟鱼爱吃的鲜活水产品，包括大泷六线鱼、鳝鱼、河蟹、牙鲆、石斑鱼、泥鳅等，买来后逐一试喂。

28号初来鲟鱼馆时也是不肯进食，蔡经江采用刺激口膜、触须、闻饵料新鲜血液的味道等办法，帮助它恢复口腔咀嚼、感应食物的能力。然后进行一段时间的塞喂，为它每天喂送营养多元化的饵料，刺激内部消化酶的产生，同时配以维生素补充。蔡经江绞尽脑汁"里应外合"的辛勤努力没有白费，28号终于肯自主进食后，体能恢复得飞快，体重猛增到了450公斤，成为当时鲟鱼馆体形最肥硕的一尾中华鲟，并在性腺发育后接受了人工取卵。

人工繁殖是人类延续中华鲟这一珍稀物种，避免其灭绝的有效方法。通常情况，剖腹取卵的中华鲟很可能会马上死亡，被挤卵的中华鲟最长活一年多。为保险起见，对 28 号采用的是挤压式的采卵方式。被取卵后它不吃不喝，甚至一度奄奄一息。在蔡经江和另一名同事日复一日的精心护理下，28 号终于得以康复。

为了使中华鲟这一国宝级濒危保护物种得以繁衍生息，2007 年 4 月 22 日"世界地球日"，海洋馆和长江所对人工养驯了两年的中华鲟群体，举行了首批中华鲟放归长江活动。"放归中华鲟"项目经过了专家的周密论证，并对放流的中华鲟身体状况制定了严格的体检指标，对在海洋馆生活的 5 尾已经康复的野生中华鲟进行了为期两周的观察比较。在第一轮水下体检环节中，蔡经江和另一名同事慢慢潜入池底，温柔抚摸着中华鲟的背鳍。"老伙计"们早已熟悉了二人，温柔地配合着对它们的维度测量。由于人鲟配合默契，整个过程进行得十分顺畅。

两周的体检和观察结束，最终胜出的是 28 号和 32 号。它们的体重分别为 450 公斤和 150 公斤，身长分别为 3.68 米和 2.88 米。估算年龄分别是 25 岁和 18 岁，按鱼的生物年龄相当于 62 岁和 45 岁。尽管两尾中华鲟体形相差较大，但是在体表伤势恢复情况、身体的肥满度、游动的姿态、泳层及游速、避开障碍物的灵敏度、摄食的主动性和食量等综合素质比较中，都是 5 尾中华鲟中的佼佼者，适合本次放流。尤其是将 28 号放流长江，是人工取卵康复后的中华鲟首次放归。

放流前期，杨道明与鲟鱼馆全员制订了对两尾野生中华鲟如何捕捞、运输包括一旦放归后出现问题怎么办等预案。如果放归时真的出现问题，随行的蔡经江等潜水员要潜入长江实施现场救护。因为两尾中华鲟体形巨大，从捕捞到运输都非常困难。蔡经江再次发挥聪明才智，在特制的担架上设计了各种小机关，包括锁扣、暗锁、排水系统等。

4月20日下午，馆内一条写着"再见，我关爱的朋友"的红色条幅格外醒目，蔡经江与另一名饲养员与两尾中华鲟亲密依偎，鲟鱼馆已经充满了离别的味道。在稳定好两尾中华鲟的情绪后，工作人员首先把特制的担架沉入池底固定，蔡经江等人将两尾中华鲟引上担架迅速起吊，放入注满鲟鱼池原水的水箱内。随着大型运输车缓缓开动，众人目送着两尾野生中华鲟离开海洋馆，向着荆州的方向驶去。

除1辆护送两尾野生中华鲟的运输车外，还有7辆送行车。每隔1小时，蔡经江都要下车观察一下鱼况，途中水质人员还给鱼换了一次从荆州提前运抵的长江水。杨道明担任此次北京到荆州放归车队的总指挥，有人向他提议7辆车可否唱一曲海洋馆之歌《海之爱》，调节一下气氛。于是，7辆车的对讲机同时飘出了这首歌的激扬旋律——

> 我们是海的眼神，蕴藏着无限纯真，
> 我们是爱的载体，散发着和平友谊。
> 鱼儿是最好的邮差，传递着世界色彩，
> 鲟儿是温柔的姐妹，演绎着人间关怀。
> 我们是最蔚蓝的海洋，心中充满了青春的渴望。
> 我们的手儿紧紧相连，世界洋溢着永恒的春天。
> 我们是最幸福的人啊，脸上写满了快乐的歌。
> 我们的手儿紧紧相连，世界洋溢着永恒的春天。
> ……

经过20多个小时、1300多公里的长途跋涉，运输车于21日下午到达荆州。白天护送两尾中华鲟时，蔡经江一心想的是如何将它们安全送抵目的地。及至深夜，当他和同事冒着大雨给28号和32号最后一次换水时，望着自己亲手护理两年左右的它们即将放流，他的心中像打翻了五味瓶一样，说不清是什么滋味。雨水流过脸颊经过嘴角，蔡经江隐隐尝到了咸咸的味道，不知是雨水还是自己的泪水。

22日清晨，在为28号和32号再次做体检后，长江所的专家在两尾中华鲟背部的骨板上安装了电子觅踪器和声呐标志牌，鱼体内的声呐装置将在3年内不断发出信号。科研人员不但能确定鱼的具体位置，还能获悉其所在水域深度，如发现异常会及时捕捞上来，为它做体检和相应的治疗。在它们皮下还安装了识别芯片，一旦回归，只需用带电的扫描仪在其身上一扫，就可显示出以前的昵称、编号等身份特征。

上午10时整，在长江湖北荆州沙市亲水码头一号放流船上，28号和32号野生中华鲟将在这里被放归长江。它们已提前被各自放置在船里的暂养池内，隔着闸门就是通往长江的水道。大约10分钟过后，放流正式开始。

"3、2、1，放！"现场指挥员话音刚落，野生中华鲟28号和32号的暂养池闸门被同时打开。备受关注的两尾中华鲟顺着滑道，如同儿童坐滑梯一样滑进了长江。当它们回到长江的怀抱后，蔡经江和另一名同事眼看着曾经朝夕相处的"伙伴"，在江面时而浮出时而沉入。就这样转了两圈后，露出尾巴并拍打水花，像是在向他们告别，随后便沉入了江底。

看到中华鲟28号、32号先后由滑道顺利进入长江，驳船和岸上的人们兴奋得欢呼起来。当天还有沿江9个省市渔业部门的11个放流点，共40余万尾珍稀长江鱼类被放归长江。放流的10余万尾中华鲟中，28号和32号两尾中华鲟体形最大，其余绝大多数为20厘米左右的小鲟鱼。

整个放归过程中，蔡经江一直把帽檐拉得很低，双手支在中华鲟暂养池上，一动不动地看着28号和32号中华鲟被放归的情景。当两尾中华鲟进到长江时，在人们阵阵的欢呼和掌声中，他和另一名同事却悄然离开了人群。中华鲟的"回家"对于他们来说也许就意味着"永别"。看着周围的人们忙着放流，蔡经江表情严肃，摆摆手拒绝了围上来要采访他的记者。除去万般不舍，他最担心的是，这两尾中华鲟已经习惯了和饲养员亲近，回到长江后可能会面临危险，也许还捕不到食物。

在记者问到杨道明是否也舍不得两尾放归的中华鲟时，他回答："当然舍不得了。像28号到海洋馆后长了300多公斤肉，32号是经过手术治疗后康复的中华鲟。不过，一两年前接它们进馆那天，就盼着把它们的伤治好后放归的这一天。所以，看到它们回到长江还是很欣慰的。"话虽这么说，杨道明的眼圈还是红了。

一年前，杨道明曾给32号中华鲟安排做过一次手术。展缸的水下铺有很多鹅卵石，某日，32号在应激情况下，误吞了12颗鹅卵石。做X光检查时，鱼肚子里的石头清晰可见。杨道明马上联系动物园的兽医院，为32号做开膛取石术。先在麻醉台上为32号做麻醉，然后由兽医院的兽医主刀。整个过程要动四刀，第一刀先把肚皮剖开，第二刀再把保护膜切开，然后把胃肠切开，而胃肠外面还有一层保护膜，所以还要再切一刀。当把鹅卵石全部取出后，再对每一层做独立的缝合。15年来，给中华鲟做外科医疗手术，海洋馆只此一例。术后的32号能够参加这次野外放流，足见手术非常成功。

在后来的媒体采访中，胡维勇如数家珍地介绍说，在荆州亲水码头放流的28号和32号两尾大型野生中华鲟入江后，28号先向下游游了 1 公里，然后转身，贴着河床向长江上游游去，其洄游时的水深为 4 至 12 米，上溯的速度较慢。之后再次转身，以每小时 10 公里的速度向下游游去，中午时已过江陵，游向武汉。另一尾 32 号野生中华鲟，尾随 28 号从荆江上溯后，已先期向下游游去，第二天过监利三洲站，第三天日间已过武汉军山站。两尾中华鲟目前状况良好。下一步，研究人员将通过安装在这两尾中华鲟身上的声呐装置对其继续跟踪，每月 2 至 4 次扫描跟踪，繁殖期每天跟踪。这种跟踪将持续 3 年，从而了解中华鲟在长江和大海的生存状态和生活规律。

长江所专家进一步阐述道，人类期望以这样的方式帮助中华鲟延续“香火”，但与中华鲟长达几十年的生命周期相比，短短七八年还只是个开始，其成效不可能在短时间内立竿见影。评价增殖性放流的效果，至少要等 12 至 18 年之后。因此，对于野生中华鲟的保护与延续不仅需要爱心，更需要耐心。

从 2007 年 5 月初起，胡维勇与海洋馆全员的心情如同长江水一样极不平静。他们在一同翘首期盼着，期待中华鲟保护专家通过来自茫茫东海的声呐获得喜讯。终于，专家在第一时间转告他们：4 月 22 日在湖北荆州放归长江的 28 号和 32 号两尾野生中华鲟，已于 5 月 7 日和 9 日分别游回东海。人类第一次在长江中段放归的野生中华鲟成体成功地游回大海，迈出了让濒危鱼类保护专家满怀期冀的第一步！

为监测放归后的中华鲟的行踪，科研人员在大型水利工程下至长江口布设了 15 个固定监测站，同时采用快艇移动追踪，覆盖 1000—2000 公里内的长江水域。因此，28 号和 32 号这对中华鲟姐妹在长江中洄游的行为规律、活动地点、情绪波动、克服水流速度的能力，都在人类科学的掌控之中了。

第十九章

不让中华鲟成为传说

大学毕业后，危起伟以全优成绩被分配到长江所工作，专门从事中华鲟的资源调查。自此，为了不让中华鲟成为传说，危起伟在长江边守望了整整 36 年。

翻开史书，有关鲟鱼的传说比比皆是。鲟鱼已经成为人类文明史的一部分，而很少有其他鱼类能享受如此殊荣。

《吕氏春秋》敬鲟鱼为神鱼，在李时珍的《本草纲目》中也有中华鲟的相关记载："鳣出江淮、黄河、辽海深水处，无鳞大鱼也。其状似鲟，其色灰白，其背有骨甲三行，其鼻长有须，其口近颔下……"据此，《中国古代动物学史》认为其写的就是中华鲟。

据文献记载，在周代人们就把中华鲟称为王鲔鱼。近代人们习惯于把鲟鱼称作鳇鱼，说因为鲟鱼是皇帝的御用佳肴，另说是因鲟鱼外形像龙，跟皇帝同种，故而称"鳇"。

据《山海经》之《东山经十二》记载："又南水行七百里，曰孟子之山，其木多梓桐，多桃李，其草多菌蒲，其兽多麋鹿。是山也，广员百里。其上有水出焉，名曰碧阳，其中多鱣鲔。"译为：再往南行水路七百里是孟子山，山中的树木大多是梓树和桐树，还生长着茂密的桃树和李树，山中的草大多是紫菜、石花菜、海带、海苔之类的海藻，山中的野兽大多是麋、鹿。这座山方圆一百里。有条河水从山上流出，名叫碧阳，水中生长着很多鳣鱼和鲔鱼等鲟科鱼类。

在湖广一带，至今流传着一个关于中华鲟的古老传说——"黄鱼庙"的来历：

在很多年以前，长江边上的湖广人大多靠捕鱼为生。他们用来捕鱼的船和工具多种多样，滚钩就是他们常用的捕鱼工具之一。通常情况下，在河道里放入滚钩后，洄游的大鱼都不能幸免。渔夫王某就是一个捕鱼的老手。这天，他像往常一样拿着战利品回到了家，见一白发苍苍的老者拄着拐杖来到他家门前。王某见老者虽仙风道骨，气质不凡，却衣衫褴褛，一副风餐露宿赶路人的模样。他顿时对老者既敬佩又同情，便将妻子刚刚做好的黄米饭盛了一碗给他。老者边吃饭边告诉王某，自己本来是一个修道之人，因要赶着去南海听观音菩萨讲经途经此地，并对王某说明日一定不要下河捕鱼。如果非要下河，他算出王某可能会捕到一条大黄鱼，务必要将那条鱼放生。

老者吃过饭道了谢，便离开了。王某一惊，醒了，发现原来不过是做了个梦，可是这个梦就跟真的一样。到了第二天，王某已经将老者的话忘得干干净净，像往常一样下河捕鱼，果真很快就捕到一条比以往任何时候都大的鱼，他一个人根本拉不动，最后他叫来村民一起将那条大鱼拉了上来。这是一条大黄鱼，足足有999斤重。正当村民们都在感叹他的好运时，突然，王某想起了老者说的话。然而，面对这么大一条鱼，他怎么舍得放走，也许这辈子都不会有今天这样的好运了。王某心里这样想着，况且他又是村里出了名的犟脾气，别人要他往东他偏要往西。

在村民的欢呼声中，王某将大黄鱼抬回了家，等他剖开大黄鱼的肚子一看，一碗黄米饭甚是刺目。这不就是昨日梦中他给老者的黄米饭吗？此时王某才醒悟过来，那老者就是这已经成了精的黄鱼所化，他托梦不过是因为知道自己求仙过程中路过此地有此一劫。那王某也不是恶人，只是一时被利益蒙蔽了双眼，他顿时懊悔无比，跪在地上求佛祖原谅。

就在此时，原本晴朗的天空突然电闪雷鸣，风雨大作，但见那条大黄鱼化作一缕青烟飞走了，而地上仅仅留下一副鱼的骨架。村里人知道犯了错，便主动出钱建了一座庙，将那副鱼骨供在庙中，并取名"黄鱼庙"。王某为了弥补自己的过失便出了家，去守那座黄鱼庙，并时时教人行善，爱护生灵。那庙自从建后就香火不断，那个地方很多年都风调雨顺，躲过了很多次灾祸，因此慕名而来的人很多，当然也有很多人是为了一睹那副鱼骨。

据说凡是诚心拜佛的人，抬头就可以看见庙的房梁是那副鱼骨。但是如果来的人只是为了看鱼骨，那么看到的房梁和普通房梁无二。又过了很多年人们才知道,这条大黄鱼就是中华鲟。

这个传说向人们讲述了一个严酷的现实——由于人类的过度捕杀,导致中华鲟濒临灭绝。据专家考证,在 2013 年至 2020 年 7 年间,有 5 年未在金沙江下游和长江上游监测到中华鲟自然产卵的迹象了。讲这话的专家,就是中国水产科学研究院长江水产研究所主任、长江所中华鲟课题组首席研究员危起伟。

1960 年出生在江西博阳河边的危起伟,祖辈都是读书人。他从小在水边长大,印象最深的儿时记忆几乎都与水有关:到了夏天,大人、孩子都聚在河里游泳,清澈见底的河水中,成群的鱼儿从人们身边游过。外公是能干的渔民,那时捕鱼靠鸬鹚。鸬鹚们在渔船的桅杆上站成一排,渔人只要站起来,随着一声吆喝,再拿竹篙向船舷一抹,它们就都逐个扑扇着翅膀钻进水里,然后直接抓住一尾鱼回到船上。外婆则擅长烹饪河鲜,将鱼儿在锅里煎得两面焦黄鲜嫩,看着就让人直咽口水。吃时用筷子一夹,很容易便将左右两瓣鱼肉和中间的脊椎刺分离,一条鱼三口两口就吃完了。那是儿时的危起伟记忆中最美的味道。

父亲是制作度量衡器具的,"文化大革命"时期因为成分问题,带着全家被下放到农村劳动。噩梦从此开始。

当时危起伟在县城读二年级,八岁便跟随父亲下放到某贫困公社,全家人住在"牛棚"里,生活条件差到每天只能吃红薯和萝卜。对生活绝望至极的母亲曾上吊自杀,幸亏被家人及时发现后救了下来。

肩不能挑手不能提的父亲因为干不了农活,工分还不如危起伟的母亲和姐姐拿得多,时常被人笑话。因为上不起学,幼小的危起伟当起了放牛娃。

某日，危起伟在后山放牛时，见到一个坐在山坡树杈上读书的少年。少年问危起伟为什么不去上学。危起伟告诉他："我们家太穷了，供不起我读书。"少年说："你如果要读书的话，不一定非去学校，自学也可以呀！""自学？可我没有书呀！""那没关系，你以后每天都来后山放牛。到时候，我俩一块儿读书写字。"

从此以后，危起伟天天都赶着牛来到后山，和那个少年一起读书。他暗暗发誓："我不能一辈子当放牛娃，还得靠继续读书，来改变自己的命运。"

一天，危起伟对爸妈说："我还想读书，不想放牛了。"母亲说："仔呀，读书有什么用？你爸爸倒是满腹经纶，混得连农活都干不好。"在危起伟的一再坚持下，母亲凑了 1 元零 1 分钱，为他买了一支"永生"牌钢笔，在当地从 4 年级开始继续上学。转年他和父母转到条件稍好些的另一家公社，插班读 5 年级。上到初一后，又因为家庭困难，父亲让危起伟停止学业跟他学手艺——做木杆秤。

做秤是科学加技术的一门手艺，培养了危起伟的动手能力，大到地磅都跟父亲学会了安装。家庭条件稍有好转，危起伟又接着去上学，一直读到高中二年级毕业。从 1976 年至 1979 年，他做了 4 年农民工后，终于在 1980 年得偿所愿，考取了某省级重点大学生物系，如饥似渴地几乎把所有的相关专业书籍都读遍了。从小饱尝人间疾苦和求学的艰辛，铸就了危起伟坚毅执着的性格和百折不挠的精神。

大学毕业后，危起伟以全优成绩被分配到长江所工作，专门从事中华鲟的资源调查。自此，为了不让中华鲟成为传说，危起伟在长江边守望了整整 36 年。

早在 2006 年，杨开春发表的《博士的 22 年守望》中这样写道：

1984 年初冬的一天，危起伟乘上由一位老渔民驾驶的小渔船，向一个叫红鲟岩的地方驶去。一路上，老渔民给危起伟讲起了中华鲟的传说——

"古时，这里江边山寨人家穷得揭不开锅。有一年，这里游来一条大鲟鱼，看到竹排上有一个即将水葬的女孩气若游丝。大鲟鱼得知女孩是饿死的，便一头撞在狰狞的怪石上，鲜血顿时染红了江水。这条大鲟鱼，让山寨人足足吃了 18 天。后来，这件事让皇帝知道了，龙颜大动，从此大鲟鱼就成了贡品。"

听完这个传说，危起伟的眼睛湿润了。他脑中盘旋着一个疑问：这些在古代称为"大鲟鱼"的中华鲟现在还存在吗？他决意要前往看个究竟。终于，渔船到了红鲟岩，危起伟走遍了 20 多个江边山寨，根本没有见到中华鲟的踪影！

1986 年 4 月，危起伟来到贵州赤水河。这条中国唯一没有被污染的长江支流，河水清澈透底，但两岸陡峭，多险滩急流。在赤水河支流一条山溪中，危起伟蹚过一道又一道溪水，裤子已经全部被打湿。他和同行的考察队员相互搀扶着，驮着工具，一连闯过了 13 道水，也没能发现中华鲟的踪迹。

1989 年春节刚过，危起伟又来到湖南岳阳。在一个人迹罕至的湖岛，他一连走访了 10 多个渔村。当地渔民出于对"读书人"的尊重，更被他的执着所打动，终于有渔民答应帮他下湖布网捕捞幼鲟。

20 多天过去了，危起伟随船捕捞，细心地观看每一条鱼仔，终于发现了一条两尺多长的幼鲟，让他惊喜不已！危起伟来不及脱掉衣服和鞋子，立刻跳下水向网里的中华鲟游去。这是一尾受伤的幼鲟，肋腹处血肉模糊。看见有人过来，小家伙惊恐不安，拼命挣扎扑腾。危起伟认出这是一尾野生中华鲟，他把幼鲟抱上岸，安顿在一个水池中，寸步不离地守护着它，还从小镇兽医站买回一些草药，敷在幼鲟的伤口上。

天亮了，危起伟在竹竿上架起虾耙。整整忙了一个早晨，才捕回了一些小鲫鱼、虾和泥鳅，还把一群鸡和一条小黑狗撵得远远的，免得它们与幼鲟争食。

一开始，幼鲟不肯进食，危起伟就用一根管子，把剁碎的饵料直接塞喂，不断刺激它的胃液分泌。1周过后，幼鲟终于自主进食了。

又过了半个月，幼鲟的伤口也愈合了，危起伟决定将它放生。他打来清水为幼鲟梳洗，在它面前放了一盘鲜活的小鱼虾，让它尽情地啄食。

待幼鲟吃饱喝足后，危起伟抱着它来到水边的小山上，挥泪为它举行简单的饯行仪式。幼鲟在他脚边环游过一阵后，才依依不舍地离去，消失在烟波浩渺的碧水之中。

你也许不会想到，危起伟这位铁骨铮铮的硬汉又是泪点很低的性情中人。36年来，他为中华鲟洒下的汗水有多少，泪水就有多少。

1991年7月，危起伟来到上海某岛，与渔民一起出海寻找中华鲟。他组织6人夜间分乘两艘船到大海里搜寻，直至凌晨均无功返航。

危起伟不甘心，第二天又组织4艘船12人，带着照明灯到他们经常捕鱼的地方去搜寻，范围扩大至两海里，还是一无所获。返回途中，危起伟猛然发现在退潮后的海滩浅海水中，有一个不明物时隐时现。

"是不是一条中华鲟？"危起伟飞奔过去一看，果然是一尾足有两米多长的中华鲟，只是身体多处受伤。每挣扎一下，鳃部要颤抖好一阵，情况十分危急。危起伟和众人拼尽全力将中华鲟拖到船上。后来，经过危起伟 1 个月的精心治疗，这尾受伤的中华鲟终于重返大海。

……

通过多年的观察，危起伟发现随着生存环境的恶化，中华鲟种群数量渐少，靠有限的救助无法减慢它们死亡的步伐，只有实现人工繁殖，才能长久挽留住它们健硕的身躯。

1992 年 9 月的一天，危起伟租了一条在洞庭湖上运芦苇的船只，终于在宜昌江边发现了中华鲟的产卵场。从此，他和所里其他研究人员一道，用下拨的每年仅两万元经费，从事资源调查和中华鲟的人工繁殖。

一段时间后，危起伟发现催产后的中华鲟幼鱼很难养活。于是一边把幼苗放流，一边从当年底开始重启中华鲟的人工繁殖和育苗。他在宜昌租了一个良种场基地，通过卖鱼的副产品换一些钱，来补贴搞人工繁殖的费用。同时，他先后 4 次走出国门，到美国去学习生态调查的先进技术和大西洋幼鲟的养育方法。这样持续摸索了四五年，终于突破了中华鲟育苗难关。

从成熟率、催产率、孵化率、成活率考核，他们每年要繁殖几万尾鱼苗。这个项目的成功是开创性的，因为之前我国还没有鲟鱼人工繁殖成活的先例。

危起伟从 2002 年起开始带研究生，经过近 20 年的努力，不知不觉间他和团队成员已经养了上千尾亲鱼。其中，2012 年，经历了无数次失败之后，他和团队亲手养大的一尾 12 龄雌鲟和一尾 14 龄雄鲟，通过人工催产和授精成功孵出中华鲟子二代幼苗，实现了 20 多年来首次中华鲟全人工繁殖成功。2007 年，长江所荣获"中华鲟物种保护技术研究"国家科技进步二等奖。

当初，长江所把"鲟女王"送到海洋馆去救治养护时，危起伟对胡维勇做出的承诺是：你们大胆地接手这件事吧，出了问题算我的。每年，长江所都要派专人到海洋馆为野生中华鲟做体检，检查它们的心跳、鳃动、养殖等是否符合标准。

谈到与海洋馆15年的合作，危起伟满怀深情地说："说起这家海洋馆，馆不是最大的，钱不是最多的，但底气是最足的。打破了一般海洋馆只追求'新奇特'的窠臼，做了很多富含社会责任和公益性的科普和环保教育。经过20多年的探索和努力，路子越走越宽，最终做出了行业品牌。'厚福'目前是全国唯一的一尾野生中华鲟亲鱼，成为即使用几个亿也换不来的无形资产。之所以和胡维勇一直能够持续合作至今，除去对中华鲟发自内心的挚爱，更有一份无法割舍的责任和担当。我们已经和中华鲟融为一体，不可分割了。"

从小养成的超强动手能力帮了危起伟，养殖、孵化、育苗等都是自己动手解决。他还和团队发明创造了先进的水声追踪探测仪器，对一部分幼苗做了跟踪标记。除了养殖最大的中华鲟，他还成功开发了最小的银鱼。

人类的出现，改变了生物自然灭绝的规律，在改造自然、造福自己的同时，也导致大量的物种灭绝。特别是近200年里，野生动植物的种类和数量以惊人的速度在减少。长江周边人类活动繁多，包括航运、挖砂，海边城市的建立导致河床不再透水，大型水利工程建立后水温增高等，导致野生中华鲟自然产卵场受到破坏。渔民过度的捕捞以及长江的污染，更成了中华鲟生存的杀手。危起伟曾亲眼目睹中华鲟被水轮机、船舶、渔网等绞死的尸体在江水中沉浮，鲜血尽染。那极其震撼性的残酷景象深深刻在了他的心里。

中华鲟从长江中孵化后，就进入海中生长，直到性成熟后才回到长江产卵。而它的性成熟期又很长，一般雌性 14 年，雄性 12 年。这期间它们在海洋中的情况，人类至今毫无认识。这期间中华鲟的生存环境会发生什么样的变化？上述人为因素导致的危机已经给人类敲响了警钟。

危起伟最大的心愿是，保护好中华鲟野外的家——长江。中华鲟生命中 10% 的时间在长江，90% 的时间在海洋。在人工条件下，中华鲟的种群能够世世代代健康地延续下去，保证个体和野生的一样大，家系足够丰富。这样，就要保证长江和海洋的水温通过人工调度的方式，满足中华鲟的自然繁殖条件。

1.5 亿年以来，中华鲟与长江共命运。危起伟动情地说：党的十八大以来，党和国家高度重视长江的生态保护，强调"共抓大保护，不搞大开发""把修复长江生态环境摆在压倒性位置"。对于我和濒危鱼类保护团队来说，习总书记的话让我们更加坚定了信心。今生今世，我都要守护着国宝中华鲟。我相信，只要长江在，只要大海在，中华鲟永远不会成为传说！

第二十章

老将出征

长江"十年禁渔"令的发布，让刘志刚觉得肩上的责任更重了，2021 年新年伊始，刘志刚便率领他的渔政船队，巡查长江中游的湖北宜昌至江西九江长江江面，确保没有非法捕捞现象发生。

长江所与海洋馆联手救治中华鲟之后，从 2007 年开始，长江所濒危鱼类保护组科技骨干刘志刚就担任了海洋馆鲟鱼馆的技术顾问，每年赴京为中华鲟进行两次体检和治疗。"60 后"的刘志刚从业多年，经验丰富，除北京海洋馆外，他还先后在国内多家养护中华鲟的海洋馆担任技术顾问，包括香港海洋公园、宁波海洋世界、西双版纳海洋馆等。

平日，长江里出现中华鲟、长江鲟等濒危水生生物被误捕和受伤的情况时，他都是第一时间赶到现场，将其接回荆州基地后进行紧急救治，包括打针、喂药和做外科手术。

野生中华鲟以前是在四川金沙江产卵繁殖，鱼苗顺江而下到崇明岛淡水和咸水交界的地方游入大海。在大海中长到 14 岁以上，达到性成熟后再游回金沙江产卵。大型水利工程修建后，野生中华鲟被阻隔在坝下，已经不能洄游到传统的金沙江产卵繁殖了。后来，科研人员发现了坝下有中华鲟鱼卵及孵出的鱼苗，原来是中华鲟在坝下形成了一个产卵的群体。但是，随着水文条件的改变，近几年已经没有发现中华鲟在坝下产卵了。

为了中华鲟物种的延续，人工繁殖中华鲟成了当务之急。每年 10 月份中华鲟繁殖季节，刘志刚和杜浩便一同赶到荆州基地进行中华鲟的人工催产繁殖，同时还参加长江沿线各地每年举行的中华鲟增殖放流活动。放流鱼类品种除长江鲟外，还有胭脂鱼、厚颌鲂、岩原鲤等珍稀特有鱼类。

尽管中华鲟保护已经成为代表长江所濒危鱼类保护团队的一面旗帜，但是他们的工作不仅限于关注中华鲟。"中华鲟并不是特例，包括青、草、鲢、鳙'四大家鱼'在内的其他鱼类数量也在逐年递减。主要由污染、航运、非法捕捞、水利工程及采砂活动等多方面因素造成。"刘志刚列举的数据显示，20 世纪 60 年代长江流域的"四大家鱼"数量超过千亿规模，到 80 年代已经下降到几百亿，数量减少了 80%，再到 2000 年，数量又减少了 80%，其中捕捞效率的提高是导致"四大家鱼"数量锐减的主要原因。

古代进贡给皇帝独享、也属洄游性鱼类的鲥鱼在我国已经绝种了，目前在孟加拉湾和韩国的汉江里还有，长江水产研究所想把它引回国，但是非常困难。还有鳡鱼、鯮鱼现在也都很少看到了。原来长江有 400

多种鱼，现在有 100 多种已很难发现。

近 30 年来，由危起伟率领、刘志刚等科研人员参与的濒危鱼类保护团队，借鉴中华鲟物种保护技术，相继开展了白鲟、长江鲟、胭脂鱼、秦岭细鳞鲑、川陕哲罗鲑和大鲵等国家重点保护动物保护技术研究，部分物种保护技术已经取得重大突破。运用信息化手段，长江所濒危鱼类课题组沿长江从宜宾到武汉设立了一个救助网络，发现有濒危动物受伤，随时乘快艇赶过去救助。

2019 年 4 月的一天，渔民蒋永奇给武汉渔政部门发来一张图片，说是在某江段沙砾中发现了一条"大头鱼"，不知道是什么鱼种。武汉渔政负责人立即将图片转发给刘志刚请他进行鉴定。凭借多年经验炼就的火眼金睛，刘志刚一眼就看出这条"大头鱼"是被人忽视已久的大鳍鱯[1]。由于其野生资源量太小，尚未能够开展人工规模化繁育与养殖推广。作为储备开发品种，近年来已被渔业部门作为野生资源收集和储备，争取将繁育群体扩大，进一步开展它的规模繁育与推广。鉴于蒋永奇主动提供稀有鱼类线索的积极表现，长江所对他进行了奖励。

在致力于国内濒危鱼类保护的同时，由商务部和农业部选派，刘志刚作为"中国援古巴淡水养鱼专家组"成员，于 2005 年赴古巴，指导该国养殖青、草、鲢、鳙"四大家鱼"。

古巴具有的良好生态资源为各种水生生物提供了优越的生活环境，沿海水产品丰富，盛产龙虾、对虾、海蟹，以及石斑鱼、鲷鱼、狐鲣鱼等各种热带海水鱼类。革命胜利以前，古巴没有水库，只有一些流

1　大鳍鱯：鱯，拼音 hù。为中型底栖鱼类，常栖息于江河急流、多石砾的水体中。摄食水生昆虫及其幼虫，螺、蚬等底栖动物和小鱼虾，也食水生植物和藻类。分布于中国珠江、湘江、赣江及长江水系。

径很短的河流，因此，岛内的淡水鱼类品种很少。革命胜利后，为满足农业灌溉和生活用水的需要，古巴在全岛陆续修建了各类大小水库。此外，为了发展淡水渔业，全国还建有大面积的精养鱼池，用于成鱼养殖和培育鱼苗。养殖的淡水鱼类全部从国外引进，其中包括胡子鲇、白鲢、花鲢、青鱼、草鱼、鲤鱼、鲮鱼等"中国鱼"。因为鱼类的"水土不服"和养殖人员缺乏淡水鱼养殖经验，急需中国渔业专家的技术指导。

用两个月时间，长江所"中国援古巴淡水养鱼专家组"在古巴某水产联合体举办了第1期淡水鱼类养殖技术培训班，刘志刚讲授了20个课时的《主要淡水鱼类的鱼种培育和成鱼养殖》技术课程。授课主要采用讲述理论原理与播放相关科学纪录片相结合的形式，必要时还给学员观看实物，示范操作。通过理论与实际相结合，深入浅出地把主要淡水鱼类人工繁殖技术的原理和实际操作技术传授给培训班的学员。

2011年至2013年，刘志刚又作为"援古巴专家组"组长再次赴古巴，开展第3期援古淡水养鱼技术合作项目。此期项目主要任务是在古巴推广中国淡水养殖技术，进行示范养殖与帮助提高其鱼类产量，培训古方相关人员，提供一批设备材料交付古方并正常使用。其间，刘志刚和专家组成员在大学讲课，在部队的农场里教学，做了多项高产养鱼试验与示范推广，为古巴培训了大批养殖技术人才，并提供了大量渔业物资和技术服务。在当地水产联合体建立起中国"四大家鱼"人工繁育体系，开发了符合当地特点的养殖体系。

刘志刚和中国专家与古巴养鱼场的养殖人员齐心协力，仅一年便实现了鱼类产量翻番，从250吨增加到500吨。第二年持续保持强劲的增长势头，从500吨提升至750吨。在中国专家组的指导下，古巴技术人员已熟练掌握了白鲢、花鲢、草鱼和胡子鲇等种类的繁育技术，建立了符合古巴特色的养殖模式，使这些淡水鱼类成为当地普遍消费的品种。

中国驻古巴大使专程来到渔场慰问中国专家组成员，还吸引了古巴前领导人菲德尔·卡斯特罗来到刘志刚指导的部队农场参观。2011年6月5日上午，刘志刚受到了对古巴进行国事访问的时任国家副主席习近平的亲切接见。

从2017年起，刘志刚担任中国渔政武汉基地码头的负责人，长期在长江里巡航督查执法。发现有非法捕捞的渔船，立即向当地渔政部门汇报，配合渔政部门加强监管。

2017年11月某日，刘志刚在执行巡航执法检查任务时，发现某河道疑遭不明人员投毒，大量河鱼翻着白肚漂浮在水面上，大部分已经死亡。死掉的鱼类中，有鲤鱼、鲫鱼、土鲇及昂刺，其中以四五斤重的大鲤鱼居多。没有死去的鱼也是奄奄一息，不停地抽搐。为了捕鱼赚钱，有些人竟不择手段，甚至不顾毁坏生态环境，采用投毒这种断子绝孙的方式来捕捞，让整条河道的鱼几乎都死绝了。事态严重，刘志刚立即向武汉渔政报告了这一重大案情。

武汉渔政执法人员迅速赶到案发现场，发现是有人向河道中倾倒类似甲氰菊酯类的药物，从而导致大量河鱼死亡。甲氰菊酯又称"灭扫利"，是一种杀虫剂。虽然低毒，但这种毒药可以迅速破坏鱼、虾类的神经系统，导致它们不能正常游动，到处乱窜，最终因神经系统被破坏而死亡。

鉴于案情影响甚大，武汉渔政立即与派出所沟通相关情况。警方通过入户调查、调取大量车辆监控以及排查农药销售点，发现租住在某市区的夏某某有重大作案嫌疑。经查，夏某某此次使用甲氰菊酯投入河道内毒鱼，不仅毒死河鱼100多公斤，而且严重破坏了河道的生态环境。于是，立即将夏某某抓捕立案。

根据刘志刚等人对被告人采用恶劣手段非法捕鱼导致的严重后果做出的生态评估，公诉机关在刑事附带民事的公益起诉书中认为，被告人夏某某违反保护水产资源法规，在禁渔期和禁渔区内使用毒药捕捞水产品，严重破坏了河道的生态环境，性质恶劣，情节严重，应当以非法捕捞水产品罪追究刑事责任。同时责令被告人出资购买可用于放流、修复生态的鱼苗，并在判决生效 10 日内增殖放流相应价值的鱼苗及成鱼。

2020 年，坚强的武汉人民将新冠肺炎疫情重灾区转化成抗击疫情的前沿阵地。刘志刚多次率领中国渔政巡航船，执行巡航执法检查任务，其中最远到达上海长江口执法督查。巡查水域两万多平方公里，总航时 1000 多小时，并向地方渔政部门提供多起违法违规线索，有力地协助了渔政打击惩治非法捕捞行为。同时，对非法捕捞的鱼类进行生态评估并予以补偿，协助渔政执法部门对违法行为实施查处整治。

长江"十年禁渔"令的发布，让刘志刚觉得肩上的责任更重了，2021 年新年伊始，刘志刚便率领他的渔政船队，巡查长江中游的湖北宜昌至江西九江长江江面，确保没有非法捕捞现象发生。

面对长江母亲河，已近花甲之年的刘志刚凭栏远眺，抒发着一腔豪情："长江我守护，驾船再出征。廉颇虽已老，志在千里行！"

第二十一章

它们同样需要拯救

"如果长江里还有一头孤单的白鱀豚，头顶着长江来往船只高速旋转的螺旋桨，相当于高速公路上一个迷路的小孩，在车流滚滚的车缝隙间彷徨无助，你说有多危险？是不是得赶紧把他从车流滚滚的高速公路上抱出来？"

联合国 2019 年 5 月发布的一份报告指出，地球上约 800 万种动植物中，有 1/8 正面临灭绝的风险。保守估计，地球上平均每天有 75 个物种灭绝。2019 年 9 月，世界自然保护联盟的专家在某学术会议上报告称，经专家组评估，中国特有物种、国家一级重点保护动物长江白鲟已经灭绝。

四川渔民曾有"千斤腊子万斤象"的谚语，他们俗称中华鲟为"腊子"，称白鲟为"象鼻鱼"。同为国家一级野生保护动物，中华鲟个体可达千斤，而白鲟更为巨大，可达 7 米之长、万斤之重。白鲟这种体态庞大的远古鱼类，曾与恐龙为邻，在长达 1.5 亿年的漫长年月里，游过了白垩纪，在恐龙大灭绝中幸存；它游入了不朽的《诗经》和中国民谣、传说里，连周朝的祭祀礼都提到过它。但在 20 世纪，面对人类日益强大的改造自然的能力，它被孔洞越来越细的渔网拦下，最终在 21 世纪第一个 10 年停止了游动。体形巨大、有着长长"鼻子"的"中国最大淡水鱼"长江白鲟，最终没能进入 2020 年。

白鲟灭绝的消息传出后，很多人悲怆地感慨与白鲟"初见即是永别"。研究了大半辈子长江珍稀动物的危起伟，也只见过长江白鲟 10 多次。过去，白鲟在长江流域寻常可见。危起伟团队的调研显示，20 世纪 70 年代前后，白鲟的年捕捞量约为 25 吨。人们捕获的白鲟体长大多 2 至 3 米，体重约 150 公斤。那时白鲟不是保护动物，捕捞后大多被食用。

1983 年，白鲟被国务院通令列为要求严格保护的珍贵稀有野生动物，严禁捕捞。滚滚长江东逝水，站在食物链顶端的白鲟横行无阻，被称为"水中老虎"。它游动迅疾，以其他鱼类为食，可以一口吞下七八斤重的草鱼。但危起伟介绍，在 1981 年至 2003 年期间，除了 20 世纪 80 年代初期曾经在长江口见过批量白鲟幼鱼，中国总共只有 210 次大个体长江白鲟的确切目击记录。

《中国科学报》记者袁一雪曾在《长江鲟鱼濒危：科学家尝试人工干预》中，记述了 2002 年 12 月初，危起伟带领研究团队在长江某江段救起一尾受伤的白鲟的经历——

"那天是 12 月 1 日，我们救起了这条白鲟。它被过往船舶和渔网伤害得遍体鳞伤，奄奄一息。"危起伟回忆说。经过29天的救治，这条白鲟伤重而亡。

带着不舍与无奈，危起伟带领研究团队继续遍寻白鲟。

时隔仅1个月，第二年元月的一天，在宜宾市南溪县段，危起伟团队终于又发现了一尾伤痕累累的白鲟。这条3米多长的白鲟误撞入一个渔民的大网，情急之下拖着船直入江心激流，差点带翻渔船。由于伤势严重，这尾白鲟最终精疲力竭，停在了水流湍急的江中心。幸运的是，在把白鲟向水势平缓处转移后，经过危起伟等人一整天的施救，终于把这尾白鲟的生命从死亡边缘抢夺了回来。

为了进一步追踪白鲟的生活情况，研究人员为它安装了超声波跟踪器。"它那么迫不及待地想回到江中，几乎没有等到我们将绳子完全解开，就奋力挣脱跳进了江中。"危起伟说。

好在追踪器还牢牢绑在白鲟的身上。跟着追踪信号，危起伟等人可以找到白鲟的位置。然而，这份好运气并未持续太久，第二天夜间，追踪艇触礁，无法继续追踪信号。"马上抢修追踪艇，然后让它继续跟踪。"这是危起伟当时唯一的念头。可惜，那天是农历年的腊月二十九，几乎所有人都沉浸在节日的愉悦中，商店关了门，他们找不到地方换螺旋桨。

那个年，危起伟过得很不踏实。大年初二，他就带着修好的追踪艇来到长江边，将其放入信号消失的地方。遗憾的是，他们再也没有找回丢失的信号。

连续 8 年，危起伟带着几名年轻的科研人员，从宜宾市屏山县一直找到长江口，曾经发现过多次疑似白鲟的信号。然而，当他们立即与当地渔民联系，快速赶到发现地点时，却始终没有找到白鲟的踪迹。

之后的几年里，危起伟一直在努力寻找当年失联的那条大白鲟。但是随着一次次由希望变成失望，他心里越来越清楚，找到它的可能性已经不大了。

有录像记录了这尾失联的白鲟留下的最后影像：2003 年 1 月 27 日，众人用帆布担架把白鲟轻轻抬入水中，它有着微红光亮的长长的吻，背部呈青灰，局部带有梅花状斑点，通体油光水滑。只见它扭动着尾巴，拍出一排小水花之后，便消失在了茫茫长江中。自此，再也没有人类见过长江白鲟的可靠记录了。

失去了一条鱼，竟然失去了整个物种！而且是在有条件人工繁殖的年代。哪怕再有一次机会，也会有能力繁育出白鲟幼鱼。没能通过人工饲养把白鲟留住，成了危起伟毕生的遗憾。

和危起伟同样抱憾的，是中国科学院水生生物研究所研究员、水生生物博物馆馆长张先锋。从事水生所工作 30 多年的张先锋，除科研工作外，还担任中国科学院武汉科普团团长，通过科学传播让更多人关注水生生物，尤其是面临灭绝危机的珍稀动物。

"淇淇"是在水生所里养了 22 年半的雄性白鳍豚。它是 1980 年元月被在长江交接洞庭湖湖口处作业的渔民误捕的，当时仅两岁多。那时它伤势很严重，头部有两个伤洞。

张先锋的导师曹文宣院士在得到这一消息后，连夜从武汉驱车赶往 400 公里外的现场，把它接到水生所。当时，"淇淇"已是奄奄一息。由于池子很小，"淇淇"的腹部在水里，背部伤口却露在外面，而皮肤离开水就会裂开。于是，工作人员就用湿布盖在"淇淇"的身上，不停地往它身上淋水。曹文宣查阅了很多资料，还特地请来北京动物园和同济医院的专家为"淇淇"治伤。经过 4 个多月的日夜奋战，采取中西医结合治疗方法，"淇淇"的伤口愈合了，身体慢慢恢复了健康。

1983 年加入水生所团队的张先锋，在最好的年华陪伴"淇淇"走过了 19 年。最初的日子，他和工作人员一道，从"淇淇"喜欢吃什么开始一点点摸索。先喂馒头、面包等主食，它连看都不看一眼；再喂猪肉和牛肉，它也丝毫不感兴趣。于是，又试探性地喂它鱼块，终于偶尔肯吃上几口了。工作人员在绞尽脑汁后突发奇想，将上述食物做成各种形状喂"淇淇"，发现它也是对鱼形的食物有所反应。就这样，经过长久的观察和试验，终于摸清了"淇淇"最喜欢吃的食物是淡水鱼，而且最好是大小合适的整条淡水鱼。[1]

在攻克"淇淇"进食关的同时，张先锋和工作人员每天轮流观察它对环境的要求，详细记录水温、气温、气压、水质、水深、水量等指标。

1986 年，"淇淇"到了性成熟时期，算是一个壮年小伙子了，面临着"找对象"的现实问题。为让这一濒危水生动物后继有"豚"，当年曾捕获过一头雌性的白鱀豚，所里的人给它取名"珍珍"，和"淇淇"在一起幸福地生活了两年半。可是后来"珍珍"不幸患了呼吸道疾病，再加上当时的饲养条件有限，没能及时救活，最终"珍珍"先"淇淇"而去了，没能生下"一男半女"。

由于年龄的增长，"淇淇"的身体健康状况也开始日渐衰退，患上严重的糖尿病和胰腺炎。尤其是 2002 年，"淇淇"的肺部深度感染。

1　参考自魏卓著《长江濒危动物大拯救》，湖北少年儿童出版社。

张先锋一刻也不敢耽搁，紧急向世界著名高水平同行呼救，为它请来国际资深的名医会诊，把它从死亡线上抢救了过来。但是，"淇淇"仍然在创造了生命奇迹之后，于 2002 年 7 月 14 日自然死亡，享年 25 岁，相当于人类的古稀之年。这在寿命非常短暂的淡水鲸类动物中已属罕见。

张先锋请专人复原了"淇淇"的标本模型：银灰色的身躯，雪白的肚皮，细长的嘴巴，像蛇一样灵巧的三角形背鳍，匀称的一双胸鳍和粗壮有力、呈水平状的尾鳍。还有那略显突出、小巧精致的额隆。特别是那温文尔雅、憨态可掬的神情体态……其相似度达 99%。张先锋将"淇淇"的标本模型悬挂在水生生物博物馆，让它栩栩如生地展示在每个参观者眼前。

在接受《楚天都市报》记者徐颖等人采访时，记者问道："如果在长江里发现了白鳍豚，我们该如何对待它？"张先锋的回答是："如果长江里还有一头孤单的白鳍豚，头顶着长江来往船只高速旋转的螺旋桨，相当于高速公路上一个迷路的小孩，在车流滚滚的车缝隙间彷徨无助，你说有多危险？是不是得赶紧把他从车流滚滚的高速公路上抱出来？所以，一旦发现白鳍豚，赶紧跟水生所联系。对于极度濒危的生物，我们不能寄希望于它自然地繁殖，还是要把它放在最好的人工环境下保护起来。"

张先锋形象地将长江中的白鳍豚、中华鲟、白鲟、江豚等珍稀动物称作长江生态环境中的"旗舰种"和"伞护种"。其中，不时在水中翻跃的"小弟弟"江豚，因其弯弯的嘴角像是挂着憨态可掬的微笑，因此被人称为"微笑天使"。又因为它时常在水中上游下蹿，直立游动时，身体的 2/3 都露出水面并保持垂直的姿势，能够持续数秒钟的"特技"，受到不少人的喜爱。但是，白鳍豚在 2007 年 8 月被国际某自然保护联盟宣布功能性灭绝[1]后，江豚已成为长江中硕果仅存的鲸豚类动物，并于 2017 年 5 月由二级提升为国家一级保护动物。

2008 年 3 月底，河北唐山某工业区建筑工地的队长李奇志等人，在渤海湾海水退潮时到沙滩上拾捡贝壳。忽然，他们发现在一片水深不到 1 米的水域有一条形体滚圆的"大鱼"。这条"大鱼"大约有 1 米多长，在海水里不停地扑腾。它的皮肤非常柔滑，摸上去有点像浸了水的橡胶。李奇志赶紧和几名工人把这条"大鱼"抬到较深的水域，想让它重新回到海里。但是，"大鱼"并不领情，转了一圈后又回到了原处。

据《京华时报》记者陈荞 2008 年 4 月 2 日报道：

> 怀疑"大鱼"可能受了伤，又担心其他捡贝壳的人把"大鱼"弄走吃掉，李奇志决定将它带回工地。几名工人脱下外衣，包住"大鱼"身体，将它抬上面包车，运回了工地。李奇志说，大伙商量后决定，在工地上挖一个 4 立方米左右大的坑，取回海水，将"大鱼"养在里面。在工人们挖坑的半个多小时里，几名工人不间断地将清水浇到"大鱼"身上，避免其因缺水死亡。

把"大鱼"安置好之后，李奇志马上与北京渔政部门取得联系，

---

1 功能性灭绝：生物学术语，指某个或某类生物在自然条件下，种群数量减少到无法维持繁衍的状态。换言之，功能性灭绝指某物种在宏观上已经灭绝，但尚未确认最后的个体已经死亡的状态。功能性灭绝是物种灭绝的前兆，当一个物种停止繁殖后，最终灭绝只是时间问题。

北京渔政部门的工作人员和杨道明等人迅速驱车赶到建筑工地，确定由工人们救下的这条"大鱼"是国家一级保护动物江豚。

杨道明在对这只长 1.35 米、重约 40 公斤的江豚的呼吸数、体温、体表等做了检查后发现，这是一只成熟的雌性江豚。初步判定这只江豚没有外伤，心跳次数和体温都比较正常。据杨道明推测，这只江豚之所以搁浅，可能是因为体力衰竭或生病所致。又经过对江豚进行抽血、B 超等检查，发现这只江豚体内脂肪含量较少，肝脏也有些问题，因此不适合马上放归大海。

杨道明与北京渔政部门人员商量后，决定将江豚带回海洋馆进行救护，待其身体恢复后，再将其放归大海。因为在当地未买到合适的水箱，海洋馆连夜派出专业运输车赶往工地，计划将江豚接回馆里暂住一至两个月。临行时，工作人员给江豚打了 4 针能量剂，以保证它的体力。北京市渔政野生动物保护部门对李奇志等积极救助江豚的工人进行了嘉奖。

4 月 2 日，江豚送抵北京。为了早日让它恢复活泼好动的天性，工作人员为它取名"淘淘"。在对"淘淘"进行营养补充时，以胃管灌服鱼浆为主，目的是尽快恢复其胃肠道功能，争取早日实现主动开口进食。同时在鱼浆中添加其所需的各种维生素，帮助它早日恢复体能。在医疗措施方面，以抗菌消炎、恢复肌体机能为主的办法，对"淘淘"进行治疗。同时，由于其体能在逐渐恢复，为了减少它在隔离池内的应激反应，工作人员给"淘淘"口服镇定药物，使其尽量保持安静平稳的精神状态。

通过第一阶段的治疗，可以观察到"淘淘"的体能已经明显恢复，行为表现趋于正常，精神状态良好，已经暂时脱离生命危险，但是还不能主动进食。于是，工作人员把"淘淘"转到了符合其生理要求的水体内，进行进一步的康复和人工环境下开口进食的驯化。每天为它特定的主菜谱有鲱鱼、鲫鱼、青鳞鱼、玉筋鱼、鳗鱼、鲈鱼、大银鱼等，客串菜谱是虾和乌贼。同时明确"淘淘"放归的时间、地点及方式，好让它尽快返回大海。

在杨道明和水族部、动物部工作人员的精心驯养下，"淘淘"逐渐恢复了体能，向昼夜救护陪伴它的工作人员展开了迷人的笑颜。在完成运输前最后一次鲱鱼喂食后，工作人员使用排水捕捉，减少捕捉过程中追逐的压力及对"淘淘"可能造成的损伤，于装车后半小时准时出发，历经3小时车程，到达天津新港，趁涨潮时放流。只见入水后的"淘淘"时而点头时而喷水，完全恢复了活泼快乐的天性。在为救命恩人们表演了一番"水上芭蕾"后，可爱的"淘淘"身体不停地翻滚跳跃，顺流而去了。

第二十二章

武汉渔政"亮剑行动"

"长江里每一种鱼的消失，都会给今后的鱼类消费市场带来巨大的损失，所以长江全面禁渔势在必行。"说这话时，陈嘉眼中闪烁着坚定和必胜的光芒。

2011 年 8 月的一天，武汉市渔政船检港监管理处负责人陈嘉（化名）接到市民吴征的举报电话，说是在汉江某码头买鱼时，看到有人叫卖 200 元一条约两斤左右的中华鲟。经劝说，吴征花 50 元买下了那尾中华鲟并放入汉江。同时呼吁大家买鱼的时候多留意，别把珍稀鱼类吃了。吴征自觉以实际行动保护中华鲟，得到了武汉渔政局的嘉奖。

20 世纪 80 年代以前，作为名贵大型经济鱼类，中华鲟在长江渔业中占有一定的比重，尤其是中华鲟洄游期间群体大，捕捞季节集中。

如此过度捕捞，对于中华鲟这种性成熟年龄迟的大型鱼类来说，无疑是毁灭性的。从 1983 年起，我国全面禁止中华鲟的商业捕捞利用。陈嘉用吴征举报的事例提醒市民，即便是人工养殖的中华鲟，也是国家明令禁止食用的。还有一些不法商家用人工养殖的鲟鳇杂交品种冒充中华鲟销售牟利。他提醒广大市民不要受骗，一旦发现有商家敢于销售中华鲟，要像市民吴征那样及时向渔政部门举报。

2003 年以前，放流后的中华鲟时有被渔民捕食的情况发生。长江所曾经监测到一尾放流的中华鲟，在某海域居然先后被渔民误捕过 4 次，最终不幸死亡。从 2003 年起，长江流域实行每年 3 个月的禁渔制度，渔民们对中华鲟的保护和法律意识日渐增强。

2007 年 11 月某日下午，武汉市某区某渔业队的一对渔民夫妇，在长江某江段用三层网作业时误捕了一尾长约 3.5 米、重约 500 斤的中华鲟。闻讯赶来的陈嘉等人在现场对中华鲟进行了检查，发现是一尾野生中华鲟，在未发现有硬伤后立即做了放生处理。

某日，一个渔民误捕了一条"大鱼"，目测足有三四百斤。虽然是误捕，但是在贪心驱使下，他舍不得放归这条"大鱼"，就来到某海鲜产品批发市场问收购商："有三四百斤的大鱼你要不要？"收购商立刻警觉起来，给渔政部门打电话报告说有人要卖一条"三四百斤的大鱼"。陈嘉猜到这条大鱼很有可能是野生中华鲟，立即组织排查。最终在武汉江段找到了这尾野生中华鲟，并将捕鱼人当场抓获，把中华鲟再次放归长江。

多年来，武汉渔政还多次拯救和保护过除中华鲟以外的国家一、二级保护动物。

2014 年深秋的一天，有渔民向武汉渔政报告，在某州内江副航道发现了江豚。因为之前曾有不明江段漂下过死亡江豚的情况发生，武汉渔政对此格外重视，第一时间赶到现场，发现两头江豚妈妈带着两个江豚宝宝，正在江中悠闲地嬉戏捕食，尽享天伦之乐。因为处在两江交汇处，这里鱼比较多，而且沙层柔软，是江豚喜爱的捕食和栖息之地。

马上就要进入 12 月份长江的枯水季节，到那时两江口就会封死，江豚便无法游出了。之后将遇到的问题，一是工厂有可能进行的排污会殃及江豚，二是长江水位下降将危及江豚生命，三是非法捕捞人员往往利用夜晚前来偷捕。为此，武汉渔政将此区域临时划为禁渔区，并专门派出一条执法船 24 小时值班监护。

渔政部门请来中科院水生所专家进行评估，最终决定在保证毫发无伤的前提下，对江豚进行迁地保护，成功将两对江豚母子捕捞之后放入一个暂养池。一段时间过后，又将它们移送至中科院水生所之前养护白鳍豚的天鹅洲保护区，与那里的十几头江豚聚集一堂。

尤为可喜的是，第二年，陈嘉从保护区的工作人员处获悉，送去的其中一头江豚妈妈，又生下了第二胎灵动健壮的江豚宝宝。那名工作人员还给陈嘉发了一个江豚妈妈给宝宝哺乳的视频——

只见江豚妈妈浮出水面，飞快地将奶水喷出。与此同时，江豚宝宝也在同一时间把头露出水面，准确无误地将奶水吸入口中。只短短几秒钟，一组江豚母子配合默契的高难度"特技"动作完成啦！

2019 年 11 月某日清晨，渔民周汉良在长江武汉段水域作业时，将一条重达 7.5 公斤、长 75 厘米的国家二级保护动物胭脂鱼误捕上船。胭脂鱼，顾名思义，它的体色浅红，在体侧中轴有一条如胭脂般绛红色的纵宽带一直延伸至尾部，艳丽非常。陈嘉等人得到消息后，迅速组织工作人员赶赴现场。在长江武汉段发现体形如此硕大的胭脂鱼实属罕见，渔政处工作人员对其进行细致的检查后，未发现明显伤痕。

在周汉良的协助下，将其放归长江。

身材并不高大魁梧的陈嘉，与熟人朋友谈笑间还时不时透出点儿孩子气，但是在执法过程中却颇具大将风度。2018 年 11 月中旬的一天，武汉市渔政执法人员巡航长江湖北段，渔政船刚到某大桥附近，陈嘉就指着远处一艘可疑渔船说："靠过去，检查那艘船！"

两船相接后，两名渔政执法人员跳上渔船，熟练地打开船头上的暗板。船舱内数十条大大小小的鱼立即现形，其中，有七八条约 10 多斤重的江鲢、草鱼、青鱼，五六条奄奄一息的桂花鱼，还有十来条沽蹦乱跳的刁子鱼。

陈嘉上渔船后质问船主："这些都是种子鱼，你把它们都打捞上来了，长江将来还有鱼吗？"

"误……误会了，我……我有捕捞证……"船主面对陈嘉等执法人员不由得惊慌失措，双手颤抖着递上"捕捞证"。

"没误会，你这个证是扫描件，不是原件，而且去年没有做年检，已经无效。以后再不能捕鱼了，否则就属于无证非法捕捞。尽快按规定上岸转产，听明白了吗？"

"是是，这……这些鱼我马上全部放生，按……按规定上岸转产。"

2020 年 7 月 1 日，武汉市正式实施长江、汉江"十年禁捕"令后，渔民已全部上岸，由国家为他们做职业培训，安排就业，解决后顾之忧。国家购买有捕捞证渔民的船只和渔网，没有捕捞证的非法船只全部没收。

即使是合法渔船，武汉市渔政部门也通过积极引导，使拥有船只的渔民陆续上岸。他们帮助渔民特别是没有土地的专业渔民转捕为养为殖，或通过打工、经商转型，减少渔民对长江渔业资源的依赖度。如今，武汉渔政拥有长江禁渔期"护鱼员"30余名，队员大部分都是禁捕退捕后的渔民。昔日的捕鱼人变身为"护鱼员"，在做好水生动物巡护的同时，还协助渔政开展长江生态保护工作。

渔民马某拿到了十几万的安置补贴，社保兜底让他少了后顾之忧，他也从昔日的捕鱼人变成了如今的"护鱼员"。他高兴地说："政府帮我们买了社保，做'护鱼员'每个月还有两三千元的收入，今后我一定要好好干。"

一天，马某在汉口江滩巡视时发现，武汉城管码头处竟有人私设"绝户网"捕鱼。他对此很是气愤，立即给武汉渔政拨打了举报电话。陈嘉等人火速赶到现场。他们利用船舶的铁锚，将近15米的地笼打捞起来，发现地笼内有三条长江野生幼鳜鱼和一条黄鳝鱼。

渔业部门规定，渔民出船捕鱼应使用网眼直径超过39毫米的渔网。而"绝户网"是一种网眼极小的渔网，只有三四毫米大，慢说小鱼小虾，连一粒花生米都漏不出去。更有甚者，有渔民捕鱼时使用直径只有几毫米的"扫地穷"。它不仅网孔极小，入水后还会越沉越深，形成一条直线，像扫帚一般随着渔船的移动而扫荡所经过的海域，可将两三厘米长的小鱼也全部捞上来。

用"绝户网""扫地穷"捕鱼是一种毁灭性的捕捞方式，严重地破坏了水域的正常生态平衡。一方面，过度捕捞小鱼小虾，使得它们无法长大，断绝了渔业的可持续发展；另一方面，以小鱼小虾为食物的大型鱼类，也会因为觅不到食而无法正常生存，甚至会造成濒危水生生物的灭绝。长期使用这种渔网捕捞，对渔业资源的破坏是不可逆的，将导致长江寸鱼不生，也许需要几个世纪才能得到修复。

2020年3月初的一天，正值武汉市抗击新冠肺炎疫情关键时期，武汉市长热线接到举报称，有人在某区江边使用"绝户网"捕鱼。警情很快转至武汉市渔政部门和水上警方，陈嘉立即组织相关部门展开巡查。

次日晚 8 时，渔政和水警工作人员巡查至某码头处发现作案船只，联合执法人员快速登船检查，现场在船舱内起获作案人尚未来得及转移的长江野生大白刁、鲢鱼、鳊鱼等渔获 4 公斤，嫌疑人已畏罪弃船逃逸。通过持续工作，绰号为"蚱蜢"又叫"吃不够"的嫌疑人孟某主动投案自首，武汉渔政和水警取得了 2020 年打击非法捕捞犯罪首例战果。

10 月某日上午，武汉市渔政部门首次大规模公开销毁一批违法捕鱼设备。在汉江某段武汉水上公安码头岸边，悬挂着"有法必依，执法必严，违法必究"的横幅，横幅下堆放着长达百米的拦河网、电拖网、地笼、"迷魂阵"等。执法人员通过用锤子砸和电焊烧，将这些曾经严重威胁鱼类生存的夺命设备全部销毁。

电鱼、炸鱼、毒鱼……长江里的鱼类越来越少，不法分子捕鱼的招数却越来越恶劣，画面让人触目惊心。上述捕捞方法对生态环境、渔业资源破坏极大，是国家明令禁止的捕捞方式。从 2016 年起，武汉渔政、公安开始了联合整治非法捕捞的"亮剑行动"。

电鱼，是使用电瓶或者专门的电鱼机向水里放电，从而让鱼触电的一种捕鱼方法。现在有的电鱼工具直接输出电压达上千伏，面对如此高压的袭击，小鱼、小虾直接就被电死，大鱼有一定的耐受性，然而一旦被电击，即使侥幸存活不被捕获，大多数也丧失了繁殖能力。如果操作不当，电鱼者也反会被电，轻则电伤，重则危及生命。曾经就有电鱼者由于对电鱼工具操作不当，漏电导致身亡，害鱼又害己。

2016 年 3 月，经举报，有一伙不法分子时常趁着月暗星稀偷偷潜到某湖电鱼。某晚，陈嘉率领渔政执法人员在附近蹲守。但是，从晚 7

点蹲守至夜间 11 点，除吓跑几名疑似非法电鱼者外，并无其他发现。在随后的 3 天，陈嘉等人每晚在某湖继续蹲守至 11 点，可非法电鱼者一直未见踪影。

第五天晚 7 点 30 分，两名年轻男子骑电瓶车来到某湖边，从车上卸下一个大包装袋，拿出了一套电鱼设备。但狡猾的二人并未立刻下水作业，而是在岸边观察环境，似乎是在等待什么人。为将这伙人一网打尽，执法人员并未打草惊蛇。半小时后，又有 3 名同伙骑车赶来。双方会合后，拿出两套电鱼设备，沿着湖边直接走到了某山附近。执法人员一直尾随 5 人跟踪观察。

又过了半小时，5 名非法电鱼者又折返到某湖浅水处。狐狸再狡猾，也斗不过好猎手。见时机成熟，陈嘉等人突然出手，很快将其中 4 人制服，1 名男子乘乱逃逸。后经同伙交代，逃跑的那名男子也被抓获归案。

不法分子捕鱼的招数不仅恶劣，而且随着武汉渔政部门不断见招拆招，他们的作案手法也不断升级。使用的工具已经不囿于传统的"电打鱼"，而是一种更"先进"的捕鱼设备。这种设备利用超声波，专门针对底层优质水产品鱼类进行捕捞。而且，这种捕捞方式对长江水域生态系统的破坏非常严重，引起了渔政部门高度关注。2020 年 5 月某日，渔政部门破获了武汉市首例特种捕鱼设备非法捕鱼案。

数月前，陈嘉等人陆续接到群众举报称，长江水域某江段有人组织非法捕鱼。经过前期采用连续蹲守的办法，基本摸清了犯罪嫌疑人的活动规律。原来，嫌疑人根据少数人的消费习惯，认准非法捕捞野生江鱼有利可图，于是便铤而走险经营起一家"江鱼酒店"，渔获中部分用作酒店自销，部分卖到了集贸市场。必须迅速采取行动，打击这种明目张胆的犯罪行为。

某日晚，陈嘉等3名执法人员潜伏在犯罪嫌疑人经常活动的码头附近的芦苇丛中。江边的芦苇丛蚊虫非常多，他们趴在里面一动不能动，更不敢拍打蚊子。因为不知道嫌疑人什么时候会来，任何动静都有可能导致嫌疑人望风而逃。

大概1小时后，两名嫌疑人出现了。他们的反侦查意识很强，还带了一条狗。其中一个嫌疑人牵着狗打着强光手电筒，朝着陈嘉等人潜伏的方向走过来。最近时距离大概只有5米左右，3名"邱少云式"的执法人员趴在芦苇丛里一动不动。嫌疑人没有发现什么可疑情况，便开始了非法捕捞行动。

4小时过后，正当两名嫌疑人捕捞后返回岸上并准备装车返回时，陈嘉等人从芦苇丛中一跃而起，亮明身份并一举抓获嫌疑人。

两名嫌疑人对自己的行为供认不讳。行动小组当场缴获特种捕鱼设备一套及野生鱼类数十斤，依法扣押快艇一艘。

2020年7月1日开始，长江、汉江武汉段正式实施"十年禁捕"。为严厉打击违法违规捕捞行为，确保禁捕无死角、无盲区，武汉市渔政船检港监管理处联合水上公安部门，推动人防技防并重的监管新机制，强化渔政执法能力保障，利用红外线监控、无人机追踪技术，对长江、汉江进行立体式巡查。

7月中旬某日上午10时，3架无人机从武汉渔政码头起飞，执行某水域巡查飞行任务。如果在水面或岸边发现可疑目标，操作员就会选择框定，无论目标到哪里，无人机都会锁定跟踪，并及时把位置信息传给执法人员。此前一天，武汉市已出动无人机和两艘快艇，对武湖水产种质资源保护区开展了同步巡查，对可疑水域进行逐一标记，于湖区湖汊清理取缔地笼13部，劝阻违规垂钓人员4名。

　　长江、汉江武汉段岸线长，岸边林木茂密，为躲避执法人员，过去常有非法捕捞人员利用夜间偷偷进行电鱼等违法活动。无人机配合高清、跟踪、红外、夜视等专业技术的使用，有助于长江、汉江禁捕工作全天候、全时段开展。不仅弥补了水上执法的短板，提升了执法效能，也对沿江非法捕捞犯罪行为形成强有力的震慑。

　　2020 年度，武汉市渔政执法机构联合公安机关查获渔业非法捕捞案件 83 起，抓获嫌疑人员 133 人，非法捕捞活动得到有效遏制。被有关部委授予"中国渔政亮剑 2020 系列专项执法活动"先进集体称号。

　　从 2021 年 1 月 1 日起，长江流域重点水域正式实行为期 10 年的全面禁渔，执法部门更加大了打击非法捕捞的力度，但长江鱼类资源保护形势依然日益严峻。陈嘉痛心地说："早些年两岸多是蔓草坡地、滩涂沼泽，水草丰茂，饵料丰富，鱼类资源繁殖生长就快，现在长江基本是一根'直肠子'，船舶活动频繁，污染加剧，水草消失，鱼类生长繁殖条件变差，鱼类种类、数量的衰退在所难免。"

　　实行全面禁渔后，食客们大可不必担心以后没鱼吃。因为目前供应市民餐桌的基本都是养殖鱼类，已经完全告别了鱼类消费主要依靠江河野生鱼类的时代。更重要的原因是，通过全面禁渔，可以保护目前长江 300 多种鱼类的种子资源。尤其是青、草、鲢、鳙等广泛养殖的"四大家鱼"，还有鳜鱼、鳡鱼、鲴鱼、黄颡鱼等名优鱼类，都是利用长江或江河里的原种或野生原种人工繁殖的。尽管现在供应市场的鱼类基本都实现了人工繁殖，但鱼类到了子四代基本无法再繁殖，必须要用野生的原种进行繁育。而一旦长江里没有了鱼类原种，那我们的餐桌才真正到了无鱼可吃的地步。

　　"我在长江上工作了二十几年，现在长江确实鱼少了。渔民们打上来的都是种鱼，竭泽而渔的后果是长江生态链完全被破坏，没有鱼的长江还叫长江吗？长江里每一种鱼的消失，都会给今后的鱼类消费市场带来巨大的损失，所以长江全面禁渔势在必行。"说这话时，站在"渔政特编船队"船头的陈嘉眼中闪烁着坚定和必胜的光芒。

在浪涛滚滚、气吞万里的长江江面上，"渔政特编船队"劈波斩浪，高歌猛进——

> 我们一路向前向前向前，
> 为了壮志难酬的梦幻。
> 生命的感动为永久的灿烂，
> 汗水的流淌无悔无怨……

第二十三章

为了"厚福"们的明天

　　1988 年我国野生动物保护法颁布后，中华鲟被列为国家一级重点保护动物，纳入法制保护。2009 年，在国际自然保护联盟物种生存委员会濒危等级红皮书中，将其濒危等级升为极危。中华鲟的数量极为稀少，已经到了濒临灭绝的境地。

　　就在人与中华鲟刚刚迈入 2020 年新春之际，一场突如其来的新冠肺炎疫情，像一列邪恶的列车，直对着庚子新春冲撞而来。

　　此次新冠肺炎疫情，无论是持续时间还是波及范围，远比 18 年前的"非典"要严重得多。2020 年上半年，海洋馆的日常经营按下了暂停键。

　　管理团队出于对中华鲟的重视，把有限的资金几乎都用在了生物养殖，尤其是对中华鲟的养护和健康供应上。同时，安排鲟鱼馆的工作人员照常上班。这样，王彦鹏、蔡经江、张艳珍和贺萌萌4人轮流穿插着兼起其他部门的工作。如上午用两个小时去"热带雨林"喂鱼，下午饲养中华鲟后，再回到"热带雨林"做水下清洁。

半年下来，海洋馆的鱼类没有出现一例非正常死亡。然而，紧张繁忙的工作，对4个人的体力消耗非常大。这种工作节奏一直持续到下半年，其他部门的人员恢复正常上班为止。

往年，长江所的刘志刚等人都要在3月和9月份来到海洋馆，对"厚福"做两次全面细致的体检。鲟鱼馆的工作人员根据体检得出的数据，可以采用一套很完善的医疗措施，针对"厚福"身体出现的症状实施治疗和护理。

由于2020年上半年武汉"封城"76天，长江所的科研人员没能如期来到海洋馆对"厚福"做体检。张艳珍等人靠经验摸索着去观察，发现"厚福"的消化系统有些异常，在对它用药1个月后，其体态和行为基本恢复到了正常的水平。

"各位家人好！今天全体一年级小朋友到海洋馆，开展'走进长江，走近中华鲟'研学活动。这是一次特别珍贵的研学经历，孩子们了解到了更多的海洋知识，特别是通过观赏国宝中华鲟，懂得了如何关爱濒危水生动物。快来看看孩子们的珍贵视频吧。"这是某小学一名教师在包括学生家长的好友群里发的微信。现在，"厚福"是海洋馆科普教育的形象大使，"厚福"的故事已经深入人心，成为向人类传播宣传中华鲟的明星。2020年11月至12月，海洋馆正式开启了"走进长江，走近中华鲟"中华鲟保护科普宣传月活动。

此次科普行动，是通过探寻中华鲟的历史踪迹，展示国家一级重点保护动物的救助历程，引领更多人了解水生动物与环境保护的重要性，参与到濒危野生动物救助行动中来。在参观中华鲟国宝馆时，小游客们一边聆听王彦鹏等人的科普讲座，一边观看蔡经江、贺萌萌与中华鲟的水下互动表演。

经过孩子们一致推选，一个扎着俏皮的马尾辫、因戴口罩更显眼眸晶亮的小姑娘为众人朗诵了《国宝中华鲟的自述》——

> 作为世界上最古老的脊椎动物之一，我被誉为"水中的大熊猫"，因为我只在长江上游产卵，又被称为"爱国鱼"。还有人特别看重我，说我是"活化石"，那可有点不敢当。"活化石"者，是原本被认定已经灭绝，后来又在某个地方被人们所发现了的古老生物，而我却世世代代与人类共同生存呢。不过，人们奉我为"中华国宝"，我倒是默认了。因为，我不仅是"中华国宝"，还是世界珍宝啊！

2021 年 4 月 22 日，是第 52 个"世界地球日"。值此之际，海洋馆响应自然资源部关于组织开展第 52 个世界地球日主题宣传活动周的号召，组织开展了"长江里的国宝朋友——守护国宝中华鲟"活动。讲述来自远古的国宝中华鲟的身世和故事，普及物种特性知识，带领游客了解保护水生生物对人类的重要性。活动当日，贺萌萌在展缸中演示为中华鲟喂食，告诉游客中华鲟的触须长在哪里，口膜如何伸缩进食，蔡经江现场为众人展示中华鲟日常爱吃的"鲟鱼汉堡"并和大家进行互动问答。一个小姑娘迫不及待地高高举起右手，请蔡经江告诉她哪一尾中华鲟是"厚福"。蔡经江引而不发，只讲了"厚福"的体态特征。结果，小姑娘和不少游客迅速找到了鱼丛中体形最大、身姿最优美的"厚福"。

新冠肺炎疫情暴发以来，鲟鱼馆的工作人员每天都在密切关注着"厚福"的体态和行为。在观察中发现，尽管"厚福"没有出现什么特殊的症状，但是游速明显减慢了，包括消化系统退行性变化所引起的觅食和进食量均有所降低。作为我国目前硕果仅存的唯一一尾人工驯养的野生中华鲟，接近古稀之年的它已经不可避免地老去。现在，馆里所有相关人员共同做的工作，是每天观察"厚福"的各种指标，研究在它机能日渐退化的情况下如何延长其寿命，希望它成为自然年龄最长的野生中华鲟。

1.5 亿年前，地球长什么样？中华鲟和恐龙知道。

1.5 亿年来，地球经历了什么？中华鲟和恐龙知道。

然而，大约 6500 万年前，一颗直径超过 10 千米的近地小行星撞击过地球，这次撞击直接导致了恐龙的灭绝，使之成为了化石。

从此，能够说明 1.5 亿年前地球长什么样和经历了什么的唯一证人，只有中华鲟了。作为蔚蓝星球上最古老的脊椎动物，中华鲟深谙生物进化、地质地貌、海浸和地球的变迁。如此说来，中华鲟的科研价值、生态和社会价值，自然难以估量。

然而，这一珍贵的"水中大熊猫"，如今却面临着异常严峻的生存环境挑战。1988 年我国野生动物保护法颁布后，中华鲟被列为国家一级重点保护动物，纳入法制保护。2009 年，在国际自然保护联盟物种生存委员会濒危等级红皮书中，将其濒危等级升为极危。中华鲟的数量极为稀少，已经到了濒临灭绝的境地。

在这样的背景下，海洋馆于 2019 年新年伊始，发起"聆听国宝的声音"零分贝体验，让游客在静谧的中华鲟馆体验人与自然的心灵互动，感受国宝级水生动物所面临的生命威胁；同时开设了中华鲟科普讲堂，通过对中华鲟物种的知识普及，唤起公众对国家一级保护动物的关爱，号召公众承担起生态保护的社会责任。

自 2005 年至 2015 年 10 年间，海洋馆先后迎进 6 尾野生中华鲟，其中除"鲟女王"自然死亡外，有 4 尾已分别于 2007 年、2012 年放流回归长江。本来计划中会继续养护野生中华鲟，待它们恢复健康后放流，然而，这个计划被无情的现实打破，因为自 2016 年起，在长江上已基本看不到野生中华鲟的身影了。"厚福"也因此成为最后一尾在海洋馆接受人工饲养的野生中华鲟。

2020 年春，海洋馆与长江所在经历了 15 年合作之后，基于共同的发展理念和各自的技术优势，再次联手共约，继续开展中华鲟保护性展示、驯养保育、基础科研、科普宣传等方面的工作，继续探索中华鲟的保育之路。

胡维勇在谈起 15 年来保护中华鲟的经历时深有感触地说："在海洋馆里做中华鲟的救治和养护，一是把国家的事当作我们分内之事，能担就担起来；二是把我们的保护和展示呈现给游客，形成科普效应。即让更多的人认识它、爱护它，知道它的故事，这样才能让保护濒危物种的理念深入人心。"

当有人问起"厚福"能否回归长江时，胡维勇这样回答："6 年来，'厚福'已经习惯接受人工养护，而且年事已高。它回归长江的夙愿只能留待后'鲟'完成了。我由衷希望'厚福'能够现身说法，告诉世人动物不应只是人类食用、宠溺和娱乐的对象。人类不能无限制地占有以满足自己的欲望，而是要与动物和谐相处、互相尊重、互相保护，共同享有生态和资源。大自然是用于人和动物共同生存的，这才是新的社会和谐理念。"

感到由衷欣慰的，还有守望长江长达 36 年的危起伟。他认为：

"'厚福'之所以能够在最快的时间内得到救治，与十几年来对渔民们进行的中华鲟保护宣传取得一定效果不无关系。长江周边的人对中华鲟开始有新的认知，知道了中华鲟濒临灭绝的危险，保护濒危动物的意识在当地渔民的思想中已经建立起来。如果发生中华鲟被误捕的情况，渔民会自觉将其重新放回长江；即使是已经死亡的鲟鱼，也会主动联系长江水产研究所，将其送过来做研究。所以，中华鲟保护对我们来讲并不孤独。特别是在资源和保护上，多年来曾经得到过政府和社会多方面的助力。"

胡维勇与张先锋相识于 2004 年第 6 届国际水族馆大会上。出席会议的中国代表共有 3 人——胡维勇、张先锋和武汉东湖海洋世界总经理郑延宁。

时隔 4 年后，该国际水族馆大会在中国召开。此时，中国的水族馆已增至 60 余家。为展示中国水族业的发展概况，中方主办单位策划了一个"长江行"活动。来自世界各国的参会代表乘船从重庆游至武汉，并在郑延宁的引导下，在东湖海洋世界里参观了中华鲟子二代，由此首次让世界认识了中华鲟。

张先锋在做客某省级图书馆举办的"长江讲坛"时，引用了先哲费尔巴哈的话诠释人和动物一脉相连："这些帮助人的东西，这些保护人的精灵，大抵就是动物。只有凭借动物，人才能超乎动物之上；只有在动物的保护之下，人类文化的种子才能发芽滋长。"接下来，他又用印第安酋长西雅图说过的一段话，进而强调人类和动物生死攸关："如果所有动物消失了，人类将由于巨大的心灵孤单而死亡，因为发生在动物身上的一切，亦将发生在人类身上。"

现在，不仅是长江周边的人们，全社会对濒危动物的保护意识同样在增强。在北京二环环岛的大屏幕滚动广告上，赫然可见"严禁采

购、销售、加工长江流域非法渔获物""严禁餐饮单位经营'长江野
生鱼''长江野生江鲜'等相关菜品"等宣传语，对长江野生鱼类做到
"水上不捕，市场不卖，餐馆不做，群众不吃"的良好社会氛围已经逐
渐形成。

北京地铁的通道里，有两幅"微笑天使"江豚直立行礼和侧身卖
萌的宣传画，旁边配着一条公益广告："长江江豚，全球濒危物种，近
20 年消失近一半——江豚有你不孤单"……

一位国家级电视台高级编辑，于 2017 年 8 月写下了一首诗歌《中
华鲟的呼唤》[1]——

　　　　我呀是宝贝，一个甜蜜宝贝，

　　　　身形修长，拖着一条长尾，

　　　　背上有五道硬鳞，形似纺锤。

　　　　我是稀有物种，水中大熊猫，

　　　　我的祖先与恐龙同辈。

　　　　我诞生于中国峡谷清澈的溪流，

　　　　闯荡于大海深蓝的碧水。

　　　　由于思念伟大的长江妈妈，

　　　　定期洄游，向出生地回归，

　　　　我们来了，成群结队。

　　　　可是啊可是，我亲爱的长江妈妈，

　　　　您的江水不再像乳汁般甜美，

---

1 《中华鲟的呼唤》：中央电视台财经频道制片人、高级编辑王永利于 2017 年 8 月
所作的中英双语诗歌。本书引用时略有改动。

泥汤般浑浊，鱼虾无法生存，
还被安设了许多渔网和水闸。
回家，使我归心似箭，无怨无悔。
人们啊，请收起渔网截住污源，
让长江妈妈，恢复秀美。
请像对待大熊猫一样善待中华鲟，
我将感激涕零，欣赏你的行为！

第二十四章

只要长江在

谈起 10 年后的长江会有什么改变，曹文宣充满信心地表示："我相信长江'十年禁渔'之后，不光是鱼类能够得到很好的恢复，长江的水域生态也能向好的方向发展。"

亿万年前，长江以天崩地裂的节奏和石破天惊的声响横空出世。长江"母亲河"历经岁月沧桑，以其丰富的水生生物资源和丰沛的水资源，不仅让沿岸的民众享受到了捕捞之利，也为现代工业的发展提供了良好的条件。但是，自然资源并非取之不尽、用之不竭，我们的"母亲河"需要休养生息。

时光穿尘，2020 年像一阵疾风呼啸而过。2021 年巧笑倩兮、美目盼兮地款款走来，新得像破云自海起的初阳，美得似浪里千鱼跃的碧波。从 2021 年 1 月 1 日起，养育了华夏子孙千百年的长江，终于和它怀抱中的水生生物一起，赢得了休养生息宝贵的 10 年。

今日的长江，水面上船舶如织，岸边绿意盎然。阳春三月，一年一度的"中华鲟保护联盟年会"在湖北荆州召开。曹文宣、胡维勇、危起伟、杜浩、刘志刚、张先锋、杨道明、郑延宁等专业人士悉数到场，群贤毕至。会议由中国野生动物保护协会水生野生动物保护分会会长李彦亮主持。

年会第一天上午，长江荆江江段，中华鲟、长江鲟增殖放流活动在这里举行。2000 尾中华鲟子二代和 1000 尾长江鲟子二代，通过滑道，欢快地跃入江中，投进母亲的怀抱，在江中翻腾起一朵朵浪花。这群不同体形和年龄的重点保护水生动物，将回归大自然的广阔水域，逐渐去熟悉真正属于它们自己的家。

面对滚滚长江水，几道历史性的问答题横亘在人们面前——

实行长江禁渔为何定的是 10 年的时间长度？10 年后长江又会有什么改变？放流后的中华鲟和长江鲟又将游向何方？人们把目光不约而同地集中投向了前来参加增殖放流仪式的曹文宣院士。

长江不仅孕育了中华民族引以为傲的华夏文明，也养育了一代又一代志士仁人。曹文宣的家乡位于长江上游，那里河流广布、水系众多。家乡清澈的河水、水中欢脱的鱼儿，让当时年幼的他至今难以忘怀。他打小就跟大人们练就了一个绝招——撒网。将一张渔网理顺后，悠着劲儿撒开一个网口向下的圆弧，利用坠子将网体快速带入水中，并用与网缘相连的绳索缓慢收回来，便有一网鱼儿在里面欢蹦乱跳。

1955 年，曹文宣从某重点大学生物系毕业后，来到中科院水生生物研究所，开始了 60 余载与鱼儿为伴的野外科研生涯。

从 1956 年九上青藏高原研究裂腹鱼[1]开始，作为和鱼类打了一辈子交道的科学家，曹文宣见证了长江几十年来的变化。他痛心地告诉人们：长江流域有水生生物 4300 多种，其中鱼类 400 多种，特有鱼类 180 余种。过去，我国每年淡水鱼品的产量是 3000 多万吨，但是，目前长江每年的天然鱼类捕捞量已经不足 10 万吨。

20 世纪 60 年代，曹文宣在江西湖口调研，经常能看到上百斤的青鱼，现在几乎看不到了。他在洞庭湖考察时曾发现，禁渔期刚刚结束，渔民就下湖捕捞。很多鱼苗还没来得及长大就被捕捞上岸，9 厘米长的草鱼、5 厘米长的鲤鱼都变成了盘中餐……让他尤为痛心的是，近三四十年来，由于受到人类滥捕的影响，白鳍豚、白鲟已难觅踪迹，中华鲟、江豚也岌岌可危。从 2006 年开始，曹文宣用长达 14 年的时间呼吁长江"十年禁渔"。

关于长江禁渔为什么需要 10 年的时间，曹文宣的回答是，只有严格落实"禁渔令"的要求，才有可能让"母亲河"摆脱无鱼之困。必须一年 365 天都禁渔，连续 10 年，给鱼类繁衍以足够的时间。因为，长江里最常见的青、草、鲢、鳙"四大家鱼"等鱼类，通常需要生长 4 年才能繁殖。连续禁渔 10 年，它们将获得 2 至 3 个世代的繁衍时间。这样，种群数量才能显著增加。同时，也有利于以鱼为食的江豚等重点保护动物的生存繁衍。

谈起 10 年后的长江会有什么改变，曹文宣语重心长地说道："因为我们中国是淡水资源最缺乏的国家，如果这样少的淡水资源还遭到破坏，那我们 14 亿人的健康就会受到威胁。"然后，他又充满信心地表

---

[1] 裂腹鱼：又名齐口鱼、细甲鱼。体长，略侧扁，腹部圆。肛门和臀鳍基部两侧各有一行大鳞，在两列臀鳞之间的腹中线上形成一条裂缝，因而名为裂腹鱼。

示："我相信长江'十年禁渔'之后，不光是鱼类能够得到很好的恢复，长江的水域生态也能向好的方向发展。"

放流后的中华鲟和长江鲟将游向何方？曹文宣告诉人们，这批增殖放流的中华鲟和长江鲟，预计3个月后可洄游到入海口。通过增殖放流，使中华鲟和长江鲟的种群在海里有了储备，补充恢复野外种群资源。10年禁渔期间环境治理好了，就能够让它们再进行自然繁殖，重建种群。10年以后，实现了一代繁殖的它们再规模化地回来。

在参与增殖放流活动的数百人当中，一位白发苍苍的老婆婆格外引人注目。她姓钟，今年78岁，从她父亲那辈起就以捕鱼为生。虽然年逾古稀，钟婆婆为了见证这个极有意义的时刻，还是在孙子的陪伴下来到荆州江段。钟婆婆不无感慨地对关心她的人说："因为担心'十年禁渔'会断了生路，几年前，我们乡的一些渔民还给曹文宣院士写过联名信。今天见到了曹院士，我发自内心地感激他。为了保护长江，渔民们必须上岸。这种观念的转变，我们全家人是有切身体会的。"

钟婆婆的孙子水生今年37岁，打出生就随着祖父辈吃住在渔船上。他接着奶奶的话说："不怕各位见笑，我之前的30多年都住在船上，这几年才上岸住进了砖房。"

2019年退捕上岸后，水生一时有些茫然失措，不知自己往后究竟能做些什么。后来，他拿着上岸补助资金，又在政府提供的创业指导帮扶下，转产搞起了大棚蔬菜，种植莴笋。

种菜初期，由于没有经验，水生以为只要施的肥多，产出量就高，不想却因此引发了肥害。在专业人员的技术指导下，水生的种植技术提升很快，第二年便收获了一棚绿油油的莴笋。

"从前在风浪里打鱼很危险，捕鱼的作业环境又不好，安全系数低。长期水上作业，我爷爷和父亲都患有风湿等职业病，奶奶也不希望孙辈们继续过捕鱼的生活了。现在，我从事大棚蔬菜种植，既保护了生态环境，又有了稳定的生活，我和全家人都从内心拥护国家的禁渔政策。"

长江生态是一个渐变过程，要恢复非一日之功，10 年对于长江大保护只是序章，是促进长江保护的一个重要窗口期。这是一项功在当代、利在千秋的宏图伟业。在荆州增殖放流活动现场，一些青少年得到了某出版社所编的海洋科普漫画绘本《"荣荣"追梦记》（修订征求意见稿）。《"荣荣"追梦记》是带有科幻色彩的励志读物，以通俗易懂的漫画形式，让更多人尤其是青少年注意到中华鲟的生存现状，共同守护古老的"水中大熊猫"。

"荣荣"是一尾经人工催产孵化的子一代母体中华鲟。

"荣荣"的妈妈"厚福"是一尾野生中华鲟，6 年前在长江新洲阳逻被渔民误捕，导致身体多处受伤。幸而经长江所的专家和工作人员全力救护保住了生命，并被送至北京海洋馆调养身体机能。"厚福"在鲟鱼馆全体工作人员的精心呵护和驯化下，重新燃起生存欲望，从开始主动地进食，到体能一天天恢复，身体也再度成长。更让人欣喜若狂的是，"厚福"的性腺再一次发育了！

历经一期、二期、三期，当"厚福"的性腺发育到了第四期，只差最后的变温条件就可以产卵时，长江所和海洋馆商议决定，为"厚福"做一次人工催产繁育。

作为目前我国乃至全球唯一一尾人工驯养的野生中华鲟，"厚福"承载着海洋馆和长江所人的厚望。海洋馆与长江所合作，由科研人员对"厚福"做了一次健康检查。虽然"厚福"也处在最佳产卵期，但是出于健康和安全考虑，按中华鲟生物年龄已经65岁的它，不宜再运往长江所进行人工繁殖了。

长江所的科研人员通过给"厚福"注射人工催产剂，终于在"效果时间"内接了一大盆从它体内流出的50多万粒如黑珍珠般的鱼卵。然后，将"厚福"产下并受精的15万枚鱼卵，扶龙保驾地安全护送至长江所荆州基地。

到达基地后，由养殖人员直接对"厚福"的受精卵进行人工繁育。终于，第一尾鱼苗"荣荣"如小蝌蚪般摇曳着小尾巴破膜而出。历经22小时，共有1.2万尾子一代中华鲟顺利出苗！至此，"厚福"终于实现了从小到大、从青年到壮年、繁衍后代的完整生命历程。

4个月后，长江所的科研人员运用科学手段，从包括"荣荣"在内的幼鱼中挑选出身体健康、摄食良好的50尾中华鲟，实施了为期两个月的野化训练，将它们集中转至天然水域的流水环境养殖，同时喂食的饲料也由人工配合饲料转为天然饵料。

一开始进行野化训练的时候，"荣荣"们还不会辨别食物和非食物，过了几天便逐渐学会如何识别了。不仅如此，它们还知道怎么把小虾、泥鳅这些食物从石缝和沙子里吸出来。试验证明，经过野化训练，人工繁育的子一代中华鲟在自然环境中也能够摄食和正常发育。

又是两个月过去，由海洋馆和长江所共同开展了一次中华鲟增殖放流活动，将包括"荣荣"在内的50尾子一代放归长江。前方等待着"荣荣"们的，不只是清澈的江水，还有险滩和激流。抖擞精神，冲破激流险滩，"荣荣"成功带领其他小鲟们回归了大海母亲的怀抱。至此，"厚福"不仅完成了生命从小到大、从青年到壮年、繁衍后代的进程，实现了一个完整的生命历程，而且通过"荣荣"等后代完成了自己没能实现的归乡梦。

以"荣荣"为代表的子一代中华鲟，承载着母亲"厚福"繁衍种群的希望和使命。14年后，性腺发育至四期的"荣荣"，继续带领小伙伴们，开始坚定地向着产卵地金沙江前进。因为，那里是它们的妈妈"厚福"出生的地方。

大型水利工程建立后，"荣荣"们改变了回家的路，在坝下找到了适合繁衍后代的场所。在湍急水流的刺激下，"荣荣"产下的一粒粒晶莹的"黑珍珠"顺着江水，黏附于石缝间、沙砾上。幸运的鲟宝宝逃过了天敌的屠杀，经过5至6天的孵化，挣扎着从卵中破膜而出。

最终，"荣荣"没有辜负母亲"厚福"的期望，成功繁育了中华鲟子二代……

《"荣荣"追梦记》希望通过这种青少年喜闻乐见的科普方式，加深人们对中华鲟保护的理解与认知，从而号召更多的人参与到促进中华鲟世代延续的千秋伟业中来。

于是，从各地赶来的青少年纷纷戴上"护鲟使者"的头饰，并发出自己的护鲟宣言，号召大家与中华鲟同呼吸共命运，共同见证更多的小鲟"荣荣"回归长江奔向大海。

一名来自武汉的小女孩儿燕燕，今年刚满 6 岁，是年龄最小的中华鲟保护志愿者。只见戴着"护鲟使者"头饰的她，与爸爸妈妈一起，将一桶子二代中华鲟放流入了绵绵长江。她的父母说："我们一直在关注中华鲟保护这个领域，这次专程赶来，也是为了培养女儿爱护环境、保护野生动物的意识。"

"不涸泽而渔，不焚林而猎"，此语出自《淮南子·主术训》。这句话的意思是，不把池里的水汲干了捕鱼，不把树林焚烧了来猎兽。比喻做事要从长远来考虑，不能只顾眼前的利益。自古以来，人与自然和谐相处皆因取之有度。然而，在相当长的一段时间内，由于人类对长江的无序开发和利用，导致长江珍稀水生生物面临濒危困境。守护长江生态底线，保护中华鲟、长江鲟等旗舰物种，使种群得以延续，已经成为了亟待解决刻不容缓的时代命题。幸而有胡维勇、危起伟、杜浩这样一群人，怀着执着的梦想与担当，一代又一代，一年又一年，用青春和智慧守护着鲟鱼的安宁和延续。

在中华鲟保护联盟年会上，有关部委负责人特别肯定了以长江水产研究所等科研机构为主体单位，在北京海洋馆等水族馆开展的中华鲟救治、保育和迁地保护工作——

自 2005 年开始，为了进一步推进濒危物种——中华鲟的保护事业，北京海洋馆与长江水产研究所合作开展了科企联合保护中华鲟的尝试，长江水产研究所将一条在洄游途中受伤的中华鲟（"鲟女王"）作为首例，运往北京海洋馆疗伤调养。海洋馆组建专门的团队负责中华鲟保育研究，经过不断地探索，用 10 年的时间，在野生中华鲟人工条件下开口进食、野生中华鲟人工条件下性腺成熟、中华鲟健康指标体系建立等方面取得了突破性成果。为中华鲟长期人工养殖和野生亲体资源再利用及中华鲟迁地保护奠定了基础。并在 2015 年，继续引进了另一尾受伤的母体中华鲟（"厚福"）。时至今日，这尾野生中华鲟在得到救治之后，仍然健康地生活在海洋馆中。

实践证明，北京海洋馆开展中华鲟保护项目，实行科企合作是成功的。经过他们的多方共同努力，中华鲟保护之声的公益宣传效果显著，社会关注度很高。

有人问起迁地救治中华鲟的海洋馆代表胡维勇，多年来关注生态环保事业的动力来自何方？胡维勇的回答是："如文学家纪伯伦所说，'从工作里爱了生命，就是通透了生命最深的秘密'。"凭着这份"爱工作获得的生命"，他不仅用 15 年的时间倾情投入到中华鲟的保护救助事业中，本着"关爱海洋动物，保护地球家园"的生态环保理念，还利用工作之余，主编了全套 3 册共计 122 万字的《水族馆运营管理与操作实务》一书，包括《水族养殖与维生系统运营管理》《水族馆安全、服务与综合保障管理》和《水生哺乳动物驯养与兽医管理》，主编了海洋科普教材《认识海洋》，自主出版了 7 册科普读物，并与出版社合作，为青少年、儿童提供了 240 余种、6200 余册海洋科普类图书，踏踏实实地传播海洋文化科普知识。

曹文宣、胡维勇、危起伟、杜浩、刘志刚、张先锋、杨道明等有识有志之士多年的坚持和守护，终于在"十年禁渔"的开局之年结出璀璨的硕果。中华鲟保护联盟年会最终表决通过，由农业农村部长江办主任马毅正式宣布，将 3 月 28 日定为"中华鲟保护日"。

"厚福"，以后每年的 3 月 28 日就是你的专属节日了。你是中华鲟承载 1.5 亿年历史的形象大使，你象征着中华民族生生不息、代代相传的气节和精神。愿你和你的同伴们永远不要成为传说，与人类世代和谐相处亲如一家！

附　录

国家维系生态、保护长江和水生野生动物大事记

　　1980 年 10 月，时任中共中央副主席邓小平得知中科院水生所人工饲养白鳍豚"淇淇"的消息后，特批 10 万元经费通过中科院转水生所，并委托夫人卓琳女士代表自己前往看望"淇淇"。

　　1986 年 1 月 20 日，第六届全国人民代表大会常务委员会第十四次会议通过《中华人民共和国渔业法》。《中华人民共和国渔业法》是为了加强渔业资源的保护、增殖、开发和合理利用，发展人工养殖，保障渔业生产者的合法权益，促进渔业生产的发展，适应社会主义建设和人民生活的需要制定的法律。

　　1988 年 11 月 8 日，第七届全国人大常委会第四次会议修订通过《中华人民共和国野生动物保护法》，旨在保护、拯救珍贵、濒危野生动物，保护、发展和合理利用野生动物资源，维护生态平衡。自 1989 年 3 月 1 日起施行。

1988 年 12 月 10 日，国务院批准颁布了《国家重点保护野生动物名录》，中华鲟被列为国家一级重点保护物种。

1993 年 9 月 17 日，经国务院批准，《中华人民共和国水生野生动物保护实施条例》于 1993 年 10 月 5 日由农业部发布，是一项关于保护水生野生动物的行政法规，其内容主要包括水生野生动物的保护、管理及奖励与惩罚制度。

1994 年 10 月 9 日，为加强自然保护区的建设和管理，保护自然环境和自然资源，中华人民共和国国务院发布《中华人民共和国自然保护区条例》，自 1994 年 12 月 1 日起实施。

1992 年，时任中共中央总书记江泽民在党的十四大上着重分析了经济、人口和资源的关系，并在全国第四次环境保护会议上指出："经济发展必须与人口、资源环境统筹考虑，不仅要安排好当前发展，还要为子孙后代着想，为未来的发展创造更良好的条件，决不能走浪费资源和先污染后治理的路子，更不能吃祖宗饭断子孙路"。

1995 年 9 月 28 日，由农业部发布《长江渔业资源管理规定》，对长江渔业资源的保护、增殖和合理利用，保障渔业生产者的合法权益和相关法律责任做出规定。明确"国家一、二级保护水生野生动物：白鳍豚、中华鲟、达氏鲟、白鲟、胭脂鱼、松江鲈鱼、江豚、大鲵、细痣疣螈、川陕哲罗鲑等"为重点保护对象。

1999 年 6 月 5 日世界环境保护日，国家环保总局等部门在长江源头区设立了长江源环保纪念碑，江泽民总书记为长江源环保纪念碑题词"长江源"。表明了我国政府和国家领导人对长江领域乃至全国环境保护的高度重视。

2002 年 1 月 9 日，时任中国国务院总理朱镕基在第五次全国环境保护会议上指出，要把认识真正统一到走可持续发展的道路上来，要让这种思想深入人心，决不能做"吃祖宗饭，断子孙生路"的事情。朱镕基指出，保护环境是中国的一项基本国策，是可持续发展战略的重要内容，直接关系现代化建设的成败和中华民族的复兴。他强调，在保持国民经济持续快速健康发展的同时，必须把环境保护放在更加突出的位置，加大力度，狠抓落实，努力开创新世纪环境保护工作新局面。

2004 年 3 月，时任中共中央总书记胡锦涛在中央人口资源环境工作座谈会上讲话指出，要"深刻认识科学发展观对做好人口资源环境工作的重要指导意义"。"经济发展需要数量的增长，但不能把经济发展简单地等同于数量的增长"，"发展又必须是可持续的"，在"推进发展中充分考虑资源和环境的承受力，统筹考虑当前发展和未来发展的需要"，"实现自然生态系统和社会经济系统的良性循环"，"要彻底改变以牺牲环境、破坏资源为代价的粗放型增长方式，不能以牺牲环境为代价去换取一时的经济增长，不能以眼前发展损害长远利益，不能用局部发展损害全局利益"。

自 2012 年党的十八大以来，中共中央总书记、国家主席、中央军委主席习近平无论在主持国内重大会议、实地调研时，还是在出席国际重要会议、进行国事访问时，都数次强调要维护生态安全，建设生态文明，指出"像保护眼睛一样保护生态环境，像对待生命一样对待生态环境"。

2015 年 9 月 28 日，为保护和拯救中华鲟，延续中华鲟种群繁殖，针对中华鲟产卵频率降低、洄游种群数量持续减少、自然种群急剧衰退的现状，农业部组织编制印发了《中华鲟拯救行动计划（2015—2030 年）》。

2016 年 1 月 5 日，习近平总书记在重庆召开推动长江经济带发展座谈会，听取有关省市和国务院有关部门对推动长江经济带发展的意见和建议并发表重要讲话。他强调："长江是中华民族的母亲河，也是中华民族发展的重要支撑。推动长江经济带发展必须从中华民族长远利益考虑，走生态优先、绿色发展之路，使绿水青山产生巨大生态效益、经济效益、社会效益，使母亲河永葆生机活力。""长江拥有独特的生态系统，是我国的生态宝库。在很长一段时间内都应该把修复长江生态环境摆在压倒性位置，共抓大保护，不搞大开发。"

2017 年 11 月 23 日，农业部发布《率先全面禁捕的长江流域水生生物保护区名录》。决定从 2018 年 1 月 1 日起，率先在长江上游珍稀鱼类国家级自然保护区等 332 个水生生物保护区（包括水生动植物自然保护区和水产种质资源保护区）逐步实行全面禁捕。

2018 年 3 月 22 日，生态环境部、农业农村部、水利部联合发布《重点流域水生生物多样性保护方案》。倡议包括长江、黄河、珠江、松花江、淮河、海河、辽河流域水生生物多样性保护行动。

2018 年 4 月 25 日，习近平总书记在被誉为洞庭湖及长江流域水情"晴雨表"的岳阳城陵矶水文站考察时强调："绝不容许长江生态环境在我们这一代人手上继续恶化下去，一定要给子孙后代留下一条清洁美丽的万里长江。"

2018 年 4 月 26 日，习近平总书记在武汉主持召开深入推动长江经济带发展座谈会并发表重要讲话。他强调："长江病了，而且病得还不轻。""长江生物完整性指数到了最差的'无鱼'等级。"关于如何治好"长江病"，他说："要科学运用中医整体观，追根溯源、诊断病因、找准病根、分类施策、系统治疗"。

2018 年 9 月 24 日，由国务院办公厅发布《关于加强长江水生生物保护工作的意见》之三明确提出，实施以中华鲟、长江鲟、长江江豚为代表的珍稀濒危水生生物抢救性保护行动。

2019 年 1 月 6 日，农业农村部、财政部、人力资源和社会保障部发布《长江流域重点水域禁捕和建立补偿制度实施方案》。该方案为贯彻党中央、国务院关于加强生态文明建设的决策部署，落实党的十九大"以共抓大保护、不搞大开发为导向推动长江经济带发展"的战略布局，根据2017 年中央一号文件"率先在长江流域水生生物保护区实现全面禁捕"、

2018年中央一号文件"建立长江流域重点水域禁捕补偿制度"等要求制定。

2020年1月，农业农村部在官网发布关于长江流域重点水域禁捕范围和时间的通告，宣布从2020年1月1日0时起开始实施长江十年禁渔计划。通告称，长江干流和重要支流除水生生物自然保护区和水产种质资源保护区以外的天然水域，最迟自2021年1月1日0时起实行暂定为期10年的常年禁捕，其间禁止天然渔业资源的生产性捕捞。

2020年7月4日，国务院办公厅发布《关于切实做好长江流域禁捕有关工作的通知》。《通知》指出，长江流域禁捕是贯彻落实习近平总书记"共抓大保护、不搞大开发"重要指示精神，保护长江母亲河和加强生态文明建设的重要举措，是为全局计、为子孙谋，功在当代、利在千秋的重要决策。

2020年11月14日，习近平在江苏省南京市主持召开全面推动长江经济带发展座谈会并发表重要讲话。他强调，要贯彻落实党的十九大和十九届二中、三中、四中、五中全会精神，坚定不移贯彻新发展理念，推动长江经济带高质量发展，谱写生态优先绿色发展新篇章，打造区域协调发展新样板，构筑高水平对外开放新高地，塑造创新驱动发展新优势，绘就山水人城和谐相融新画卷，使长江经济带成为我国生态优先绿色发展主战场、畅通国内国际双循环主动脉、引领经济高质量发展主力军。

2020年12月26日，中华人民共和国第十三届全国人民代表大会常务委员会第二十四次会议通过《中华人民共和国长江保护法》，自2021年3月1日起施行。《中华人民共和国长江保护法》是为了加强长江流域生态环境保护和修复，促进资源合理高效利用，保障生态安全，实现人与自然和谐共生、中华民族永续发展制定的法律。

长江流域重点水域"十年禁渔"计划启动——2021年1月1日0时至2030年12月31日24时全面禁捕。长江十年禁渔，是以习近平同志为核心的党中央从战略全局高度和长远发展角度作出的重大决策，是落实长江经济带共抓大保护措施、扭转长江生态环境恶化趋势的关键之举。

2021年3月28日，由全国水生野生动物保护协会主办的"中华鲟保护联盟2020年度工作会议"在湖北荆州召开。会上签订了《荆州中华鲟长久性保护基地项目三方协议》和《海洋馆中华鲟保育宣传协议》，并决定设立3月28日为"中华鲟保护日"。

后 记

厚德载福

写《厚福：人与中华鲟》一书的起因，缘于受"中国100位最具影响力企业家"及"2013年度海洋人物"胡维勇先生的重托。2019年岁末，胡维勇先生找到我，谈了为何要创作野生中华鲟"厚福"的初衷。

2005年，第一尾因误捕被救的野生中华鲟是"鲟女王"。当时在长江沿岸找不到可以保护疗伤"鲟女王"的场所，农业部相关部门希望北京海洋馆能够接手这个迁地保护救治项目，而海洋馆也是首次关注海洋中这一具有1.5亿年历史的偌大野生物种。

鲟鱼的商业捕捞始于19世纪中叶，到20世纪初期达到捕捞高峰。由于过度捕捞和环境污染等原因，致使目前鲟形目鱼类所有27个种与亚种均处于濒危状态。其中，被称为"水中大熊猫"的中华鲟更是达到极危等级。

中华鲟是与恐龙同时代的现存物种，出生在金沙江，成活在长江，长大在大海。每年夏秋时节，分布在各个水系包括旅居外海的中华鲟，都要历经3000多公里的溯流搏击，回到金沙江一带产卵繁殖。回归、寻根、繁衍，为壮大种群无数次不遗余力地溯江洄游，拼死也要奔向长江，体现了一种近乎悲壮的民族情结和思乡之情。

本着保护和抢救极危野生物种的责任感，尤其是时任海洋馆总经理胡维勇的坚持，海洋馆接手了"鲟女王"的救护。从千方百计让它开口进食，实现了我国人工条件下饲养野生中华鲟的最大突破，到在"鲟女王"恢复体能之后开始为它疗伤。因为有了成功案例，海洋馆先后引进数百尾中华鲟及其子二代。其中，将多尾在人工圈养下完全康复的野生中华鲟放归了长江，直至于2015年迎进了本书的主人公——"后福"。

"后福"是一尾性腺已发育的母体中华鲟，经过专家们与专业养殖人员的紧急救治，终于暂时保住了它的生命。为此，专家们取"大难不死，必有后福"之意，给它取了一个名字："后福"。在将"后福"从荆州运送至北京的路上，出现了让人震撼的一幕："后福"在水箱中两度把头掉向车尾，冲着长江的方向！

在工作人员的细心照料下，"后福"的体能一天天恢复，身体也再度成长，2017年性腺再一次发育。为此，海洋馆的工作人员又为"后福"改了一个全新的名字——"厚福"，取"厚德载福"之意。也代表"厚福"作为目前我国人工驯养条件下仅存的野生中华鲟，在人类的细心关爱中，今后能够更好更健康地成长。

海洋馆救护国宝中华鲟已走过了15年的历程，付出了巨大的努力和心血。而且通过救治中华鲟也了解了这一古老物种的习性，尤其是其中蕴含的太多感人故事。其间，也编辑出版过《中华鲟的故事》和多种海洋科普类书籍。

　　我被胡维勇先生的一番话深深震撼，燃起了一股难以抑制的创作激情。立誓要写出一部文学作品，让众人了解中华鲟这一和恐龙同时代的国宝，增进对它的保护意识。通过查阅有关中华鲟的海量资料，治好"长江病"、"实施长江'十年禁渔'计划"等字眼纷纷呈现在我眼前，让我愈加感到写这本书的重要与迫切性。于是，在 2020 年 8 月底，趁新冠肺炎疫情肆虐的势头稍稍减弱之时，我踏上了《厚福：人与中华鲟》一书的采访之路。

　　来自台湾地区的杨道明先生是我采访的第一人，他从最初只与海洋馆签约两年直至坚守到了今天。身为海洋馆科技部主任和水族部经理，从给鲨鱼搬家为中华鲟腾馆，到让中华鲟开口进食，再到完成中华鲟的人工繁育，他都是当之无愧的第一功臣。

　　在会议室，我与王彦鹏、张艳珍、蔡经江、贺萌萌 4 位鲟鱼馆工作人员见面。按照一般人物描写的套路，似乎应该形容一下人物的外貌特征。但是，当时与我面对面就座的 4 人全都严严实实地戴着口罩。即便如此，我仍然能感觉到一股挡不住的青春之气扑面而来。后来，我又数次来到海洋馆，看张艳珍和王彦鹏戴着口罩精心配制饵料，看蔡经江和贺萌萌全副武装下水作业。依然没能看清他们的面庞。

　　直到最后一次来到鲟鱼馆工作间，我终于看到了刚刚完成水下作业的贺萌萌，如出水芙蓉般娇艳。还有沉稳的王彦鹏、知性的张艳珍、质朴的蔡经江。在他们摘下口罩的一瞬间，让我产生了这样的念头——如果你想要生动地描写一个人，很多时候真的无需画脸。之前有关他们的章节我已写就。看到他们一张张生机勃勃的面庞，印证了我在文中描绘的每个人的神韵。

初冬时节，我来到武汉，拜访了中国水产科学研究院长江水产研究所危起伟、杜浩、刘志刚和中国科学院水生生物研究所张先锋等专门从事研究和保护我国珍稀水生动物的研究员和专家，在写作过程中，又电话采访了长江所荆州太湖中华鲟实验基地的熊伟、中国科学院精密测量科学与技术创新研究院的班璇，得知了他们十几乃至几十年来，为中华后继有"鲟"，在濒危水生动物的挽救方面所付出的艰苦卓绝的努力。

从2021年1月1日起，长江流域重点水域正式实行为期10年的全面禁渔，是从全局计、为子孙谋的重大决策部署。我接通了武汉市渔政船检港监管理处负责人陈嘉的电话，了解了他们守护长江水域、严打非法捕捞犯罪行为的非凡经历。

阳春三月，在湖北荆州召开的"中华鲟保护联盟"年会上，将3月28日设立为"中华鲟保护日"。"厚福"和它的同伴们，不仅有望看到10年之后重建和恢复的中华鲟自然种群，而且从2021年起有了自己的专属节日！这让越来越多的人认识到中华鲟是国家一级保护动物，是长江生物链的重要一环，是长江流域水生态系统的"旗舰种"和"伞护种"。保护中华鲟，从某种意义上说等同于保护整个长江流域水生态环境和其他的水生生物。

在这里，我要衷心致敬并感谢书中所写到的曹文宣、张显良、胡维勇、危起伟、杜浩、刘志刚、张先锋、杨道明、郑延宁、王彦鹏、张艳珍、蔡经江、贺萌萌、向军、班璇、熊伟等先生、女士，你们拯救以中华鲟为旗舰的水生动物和守护长江"母亲河"厥功至伟。感谢你们给了我创作的激情和灵感，更感谢你们带给我的惊喜与感动！

还要特别致敬并感谢没有写进书中，但多年来致力于中华鲟研究与保护的专家、学者、工作者和志愿者们。感谢你们为保护长江和濒危水生生物所做的默默无闻的奉献与坚持。

同时，也真诚感谢刘昕晨、颜海、栾钢、林子、张华、余颖仪、胡燕晖等先生、女士对本书的鼎力支持。

感谢作家出版社编辑钱英和杨新月女士，以她们渊博的知识、丰富的经验和严谨细致的工作，帮助去掉拙作中许多不成熟的地方，最终有了今天呈献给各位读者的这本《厚福：人与中华鲟》。

2021 年 5 月 19 日于北京